엄환섭 첫시집

시를 배달해 드립니다

엄환섭 첫 시집

시를 배달해 드립니다

　현란한 디지털의 시대에 서적으로 인쇄되는 문학작품은 현 시점에서 적합하지 않은 존재일 수도 있다. 그러나 어떤 존재의 내면을 드러내기 위해서는 디지털이 아닌 아날로그적인 방법으로 접근하는 것이 그 진실에 가깝게 도달할 수 있을 것이다.

　분명한 것은 내 자신도 이 시대에 적합하지 않은 사람이라는 점이다. 그렇다고 세속의 삶을 벗어나거나 도피해서 탈속하자는 것은 아니다.

　다양하게 다가오는 인간 내면의 감성들을 시로 표현해 가는 그 과정들이 나의 길이고 보면, 나는 자연스럽게 그런 쪽으로 물들어가는 것이다. 그것이 그냥 쓸모없는 허구일지 아니면 하늘, 땅, 바람, 물, 불, 꽃 등등의 노래일지 모르지만 생명 끼리 싸우고 싸우는 그 외의 싱싱한 본래의 체취들을 읽고 싶고 느끼고 싶고 쓰고 싶다.

　거울을 들여다 본다. 오늘도 어제처럼 그보다 더 먼 어제처럼 아니 더 정확히 말해서 사십 몇 년 동안 관습, 고정관념, 타성 등의 세속적 삶에 깊이 찌든 어눌한

얼굴이 거울 앞에서 움쩍도 하지 않고 서 있는 것이 보인다.

신선함과 경이로운 삶의 시를 찾던 내 모습은 내 자성의 냄새는 하나도 나타나지 않고, 타성의 내가 무덤덤하게 서 있는 것이다. 나만 아는 욕심 많은 내가 우울한 모습으로 거울 앞에서 나를 비웃듯이 바라보면서 나는 무엇인가를 부정한다. 아니 나는 나를 부정한다. 끊임없이 씌워지는 그 외면적 나를 깨트린다.

그리고 내면적 나를 찾아 '나는 누구인가'라는 화두를 가지고 비현실적 비경험적 '칸트의 순수이성비판'에서 본 선험적 자아를 찾아 내 길을 간다.

늘 비현실적 마음에 위안을 얻으려는 나는 아마 나뿐이 아닐 것이다. 그런 내면적 정신세계의 문을 여는 것이 창작이 아닐까라는 주관적 생각을 하면서, 하늘처럼 그 끝이 보이지 않는 마음속에서 신선한 바람을 미약하게나마 일으키며 조심스럽게 독자 앞에 서 보려 한다.

2007년 여름. 엄 환섭 씀

엄환섭 첫시집 · 시를 배달해 드립니다

차•례

제3부 | 지금 나는 배달하는 중이다

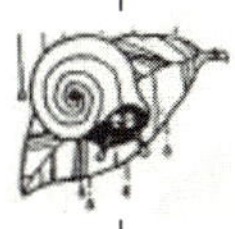

제1부

나는 우주로 가는 물이다

삶의 의미보다
삶의 무의미가 더 많아서
우리의 삶은 심오한 철학이다.
우리가 아는 아름다움보다
우리가 모르는 아름다움이 더 많아서
우리의 삶은 더 아름답다.

구 두

내가 왜 너와 만났는지 모르겠다.
내 몸에 딱 맞아서
그도 아니면
내 몸에 편해서
너의 말마다
내가 꾹꾹 눌릴 수 있어서
너의 행동마다
내가 꾹꾹 눌릴 수 있어서
오늘 너를 예식장에 데려가기로 한다.
내가 데려가지 않아도 따라 나설 위인이지만
내가 말하지 않아도 내 몸속에 들어와
밑바탕이 되겠다고 언약을 다짐할 위인이지만
나에게 꾹꾹 밟혀서
뼈 부서지는 소리를 뚜벅뚜벅 내면
세상의 길을 고분고분 가는 너의
판단 없는 판단은 어디서 오는지
온몸에 붉은 불을 켜고 봄바람에 바들바들 떨던
꽃 빛 꿈 다 접고

형편 없는 나를 주인이라고 내 길로만
따라나서는 너에게
검정빛 도는 눈망울 같은 까만
밥을 쓱싹쓱싹 퍼 먹인다.
두 개가 아니면 세상을 나설 수 없는
두 개가 아니면 세상을 걸을 수 없는
내 몸의 가장 밑면에서 온몸 조아리는 너는
나의 가장 편안한 반려자.

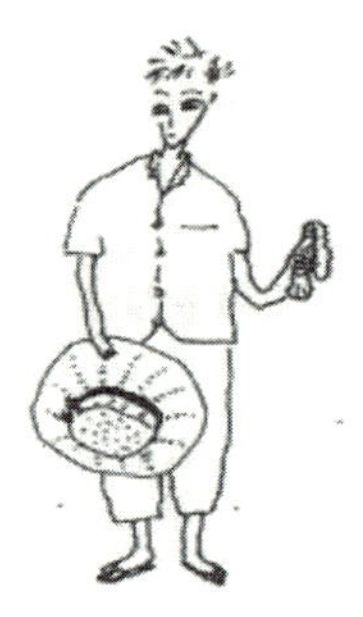

０

나는 아무것도 모르는 코흘리개
세상의 잘잘못도 알지 못하는
무질서한 세상과는 무관한 하늘의 별똥별
발 동동 걷어붙이고 동편 서편 분주하게 뛰어다니며
노래인지 울음인지 나도 모르는 소리 속으로 들어가
물의 지도를 끝없이 그리며 소용돌이친다.
높은 하늘을 발밑에 꾹꾹 밟고
개울 구경 강 구경하며
챙챙 물자전거를 탄다.
사람이 사는 곳도 사람이 살지 않는 곳도
두루두루 떠돌며, 자유의 신이 되어
노래인지 울음인지 고래고래 소리를 치며 흐른다.

간혹 통행료를 내면서
빳빳한 핸들을 잡고 바퀴 달린 욕망을 쫓아
육식성 말들이 함부로 달리다.
먹어치운 살 빠진 땅을 지나
높낮이가 아무 의미 없는 세계 속에
낮을수록 더 편하고 더 깨끗이 윤회하는
아득한 굴곡을 따라 끝없이 흐른다.

일순 출구 없는 커다란 괴물의 아가리 속으로 들어간다.

시간의 앞뒤가 없는 미로 속에
내 육신도 내 영혼도 끝이 보이지 않는 대양이 되어
나는 팽팽하게 부풀어 올라 펑펑 터진다.
펑펑 터져서 출렁인다.
물이면서 내가 물인 줄 모른다.
파도이면서 내가 파도인 줄 모른다.
나는 맑은 햇빛, 하늘로 승천하며
우주로 가는 물이다.

눈 물

말로 표현할 수 없는 것이
어디 한두 가지인가.
말로 표현되지 않는 것 때문에
우리의 말은 무한정 백과사전이다.
이름 있는 색色보다
이름 없는 색이 더 많아서
우리의 색은 천차만색이다.
삶의 의미보다
삶의 무의미가 더 많아서
우리의 삶은 심오한 철학이다.
우리가 아는 아름다움보다
우리가 모르는 아름다움이 더 많아서
우리의 삶은 서투른 유미주의다.
이 모두를 다 더한 것보다
우리에게 더 소중한 것은
우리의 눈물이 죽을 때까지 마르지 않기 때문이다.
사랑 없는 눈물이 세상에 있을까
원망 없는 날이 우리에게 하루라도 있을까
우리 허덕이는 삶에 눈물을 쏟아붓고
우리 어두운 영혼에 눈물을 쏟아붓고

우리의 부족한 사랑에 눈물을 쏟아붓고
눈물로 우리들 마음을 씻자
눈물로 씻어낼 수 없는 것들은
기도하자, 눈물의 시를 쓰면서

별들이 오늘밤 공원 풀잎에 내려앉아
파들파들 운다.
어둠뿌리에 발이 채여 나도 운다.

바 람

우주에 은하계 내려와
깨끗한 집 짓고
깨끗한 알슬기 해
맑은 혼불로 깨어난다.

길 없어도 길을 가는
보이지 않는 전라의
자유들.

낡은 벽 허무는
부활의 힘찬 소리
살생의 동공 뻔뜩거리는
짐승들의 똥밭에서도
우주의 심오한 품으로
나를 안아 주고
세상을 안아 주고
무변의 해탈소리 들려준다.

봄바람

너무 평범해서 어디에 머물러 있어도 어디를 가도
봄바람
있는 지 없는 지 잘 표시가 나지 않았다.
낮의 하루를 왔다 갔다
밤의 하루를 왔다 갔다
그 몸이 땅에 있는 지 하늘에 있는 지
알 듯 모를 듯
손으로 쥐어보지 못했고
그 모양이 원형인지 사각형인지 다각형인지
알 수 없는데
온 세상을 하느님의 손으로 매만져 주는지
내가 그 속에서 죽어버리면 어떨지
메마르고 혼탁한 세상 공기를 정화하기 위해선지
하늘로 오르기 위해
들썩거리는 숲을 진정시키기 위해선지
깨끗한 구원의 말인지
세상을 찬송하는 노래인지
세상이 그 바람에 온통 흔들흔들
울었는지 웃었는지
꽃에서 풀 향기에서 허공에서 땅에서 왔다 갔다

해탈의 춤인 듯 알 수 없는 하늘의 모습인 듯
어느 꽃 가게 안
유리벽 속에 꽃송이들
봄이 온 바깥세상으로 가고 싶어서
문 열어 달라고 지나가는 바람에게
재촉했다.
제 몸속에 가지고 있는 봄을 아는지 모르는지
제가 꽃인 줄 아는지 모르는지
봄바람 따라가려고 안달이다.

잠

-입원 당시-

어디서 전화가 걸려왔어
아무 말도 알아들을 수가 없어
말 한마디 하지 못 했어
기억을 잊어버린 것만큼
죽음이 편하다면 지금 당장 죽어도 좋아
지구 무게만한 생각을 잃어버렸어
머릿속에 태양만한 웃음도 출렁이지 않아
머릿속에 바다만한 눈물도 출렁이지 않아
이제 더 이상 고급의자에 앉으려고
붉은 피 흘리지 않아
이제 더 이상 황금넥타이를 매지 않아
내 속에 내가 잠들었어
내가 신인지
사람인지
아무것도 몰라
두개골은 지금 휴식 중이야
머리 닿은 곳마다 퍼런 멍자국
붉은 핏자국 모두 지워졌어

거미의 발길질에 수없이 차이면서도 식물처럼
땅 속에 생수를 먹고
고요한 하늘이 되었어
내 두개골 속에 곤충집 같은
사람의 말소리가 뚝 끊어졌어
이제 전화 한 통 받지 않아.

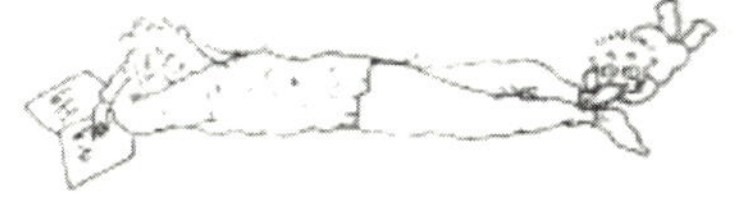

가랑비

부끄럼 많은 가랑비가
가늘가늘 들리지 않는 말을
세상에 포개고 또 포개고
다행히 흙 속으로 떨어진 비는 여행길 마치고
자기 집에 돌아왔다 안심하고
욕심 많은 사람들의 명령을 이행 중인
단단한 포장도로에 떨어진 비는
하룻밤 묵을 여관을 찾아 분주하다.

가랑비가
음정을 곱게 다듬어
아리송한 노래를 반은 하늘로
반은 땅으로 가만 가만 보낸다.
밋밋한 생활에 지친 활기 잃은 물상들이
반웃음으로 반울음으로 떫은 시간만 곱씹더니
오늘은 가랑비에 목욕하고 헌 옷 벗고 새 옷 입는다.

비는 조용히 오고
나는
어느 술집 창문가에 앉아

가랑비의 앳된 풍경을 바라보면서
일상에 묻은 먼지를 털어내다.

못 볼 것을 본 것인지, 볼 것을 본 것인지
고등학생쯤 된 여자가 한 손은 우산을 받치고
한 손은 담배를 손가락에 끼워 심란한 마음인지
행복한 마음인지 담배연기를 빗속으로 불어낸다.
빗방울을 반항하며 하늘로 올라가는 연기가
가로등 불빛 속에 선명하다.

얼굴 없는 50대의
세상 많이 변했다는 말을 등으로 들으며
나는 술을 마신다
휴식과 같은 침묵으로 술을 마신다.

감악산 구경

오늘은 감악산 연수사나 가 볼까.
천 년 넘은 은행나무 구경도 하고
문수보살 약수도 마시고
바람이 비로 내리는 길도 걷고
혼자 가면 좋을까
둘이 가면 좋을까.
청수계곡이 연주하는 비파소리 들으며
하늘, 구름, 바람, 친구 삼아 등산이나 하고 올까
도라지를 캘까, 더덕을 캘까
등불 켜고 춤추는
홍국을 따 차로 달여 마셔볼까.
어젯밤 거창에 놀러온 가을비
밤 늦도록 자장가만 불러주다 떠났는데
오늘 아침 해와 놀던 새
노래만 부르다 떠났는데
날씨도 좋은데 감악산 구경이나 하고 올까.
하늘 밑에 있는 빈 집, 허공에 있는 빈 집
감악산 연수사에 가서
백팔 배나 하고 올까.

공중목욕탕

공중목욕탕에
한 번도 가 보지 않은 사람은 없을 것이다.
만약 가 보지 않은 사람이 계시면
지금 당장 한 번 가 보시라.
옷을 발가벗는 편안함이 무엇인지
빙하의 물결이 어디에 있는지
해면 위에 태양은 어디에 있는지
인공의 바다에
얼룩무늬 물뱀들이 징그럽게 꿈틀거리는
알몸의 소리들을 들어보시라
그리고 공중목욕탕의 천정을 보시라
꼼꼼히 뜯어서
수증기의 목마른 방울들이 거꾸로 매달려
어떻게 무엇을 모의하고 있는지
대양을 꿈꾸는 그 모습이 각각 어떤 것인지
작은 수증기들이 질서정연하게
수천의 하늘에 매달려 있는
부서진 파도의 조각들을 몸의 안팎이 없는
물렁한 물의 알몸들을
울음소리 그치지 않는 슬퍼서 편한 물의 신들이

우리의 몸 속에서 방울방울 펴나고 있을 것이다.
조금만 뜨거워지면 두 개가 하나로 합쳐서 엉엉 우는
물의 혼들이 길을 여는
여기는 바다
공공의 바다다.
얼룩무늬 물뱀들이 이따금 포효하는 바다다.
자신의 울음을 터트려 자신을 껴안는
파도소리 나는 바다다.
울음소리가 꽃으로 환생하는 인간의 바다다.
사각의 인조석과 천정의 인조석에 매달린
작은 물방울들을 가만히 보고 있으면
수천의 하늘에서 조용한 천둥소리가 들려 올 것이다.
은하계 속에 작은 내 낮별 하나도
빙그레 웃고 있을 것이다.
옷을 다 벗고 뜨거운 해탈의 욕탕에 앉아 있으면
살에 붙은 지독한 때가 씻어질 것이다.
공중목욕탕 안은 옷을 벗은 사람들이 한결 순해져
얼마나 편안하게 움직이고 있는지
얼마나 따뜻한 시간을 보내고 있는지
거실에 나와 숫자 판 열쇠를 돌린 뒤
옷을 입으면 모두가 다 확 달라진
환생의 모습들.

구두쇠 가족의 쇼핑

우리 집 식구는 돈 모르는 구두쇠
모두 값싼 푸성귀 나물 잘 먹는다.
우리 집 개도 상추 배추 무시 호박 잘 먹는다.
우리는 잘 사는 부자
어두울 때 형광등 불 밝히고
세 끼 밥 먹고 몸뚱아리 가릴 옷 입고
이만하면 부자
온 식구가 읍내 오일장에 갔다.
흔한 찬거리 5천원으로 샀다.
덤 많이 얻어
아내가 내일 야간작업 때 쓸 벙거지 모자 사러
시장 거리를 왈왈 배회하다
잡동사니 싸구려 모자 가게에 들어갔다.
주인 없는 장사가 파는 물렁한 가게
모자 값은 4천 원
나의 아내는 2천 5백 원의 피가 있었고
나의 장남은 천 원의 피가 있었고
나의 차남은 묵묵이었다
누군가의 뱃살 찌르는 모기떼
5백 원 어치 피를 빨았다.

난장판에 모기웃음 잘잘
우리 집 식구는 돈 모르는 구두쇠
마귀 구멍 뚫린 벙거지 모자 쓴 아내를 보고
온 가족이 웃었다
해탈모자 쓴 아내는 더 활짝 웃었다.
바람이 들고 다녀도 될
비닐봉지 두 개 까르르.

넥타이를 매는 사내

그는 문단 속에 익숙한 사람이다.
보안이 철저한 그는 냄새 나는 화장실 위에서도
구린 몸값을 계산하고 있다.
아니 어쩌면 좁아터진 자신의 어둠 속으로
습관적으로 들어가고 있는지 모른다.
어느 날부턴가 그의 집 한쪽 모퉁이에는
산새 몇 마리가 세 들어 산다.
몸뚱아리가 산인 새는
피를 담고 있는 몸이 비록 비릿하지만
바람의 길을 아는 지
하늘을 너풀너풀 수시로 날아다닌다.
그는 울음을 몸 속으로 가져가고
새는 울음을 바람에 지운다.
그가 우는 것은 아픈 상처의 울음 같고
새가 우는 것은 아름다운 노래 같다.
그는 시시한 나라의 공복이다.
못 생긴 몸을 치장해 볼 감량도 있지만
넥타이를 매야 하는 의무도 있는 그는
오색 천으로 긴 줄을 하나 만들어
목에다 칭칭 감고 옷으로 다 단속하지 못한

몸뚱이를 단속하기 위해
둥근 유리 거울 앞에 서서
손으로 목을 조운다.
그는 그것으로 자신이 한결 더 단단해진 줄 안다.
거울은 마치 그를 바라보고 있는 작은 하늘 같다.
그는 문득 거울 속의 TV자막을 보고 있다.
공무원들은 여름철에 넥타이를 매지 말라는
어느 아나운서의 말을 듣는다.
넥타이를 매면 몸에 온도가 3도 이상 상승해
냉방비용이 30%나 증가한다나
그 말을 듣는 순간 그의 질긴 목 하나가 거실 바닥에
툭 소리를 내며 떨어진다
그의 몸에 문 열리는 소리를 들으며 한동안 잊었던
웃음을 되찾는다.

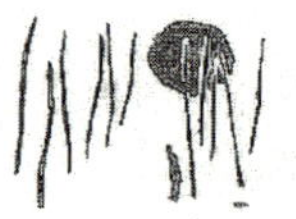

담 배

잠시 사라질 연기로만 평평하게 살 오른
하얀 사람의 잘린 손가락을 젊은 사내는 들고 있다.
하늘에 구름 조각이 될 메마른 풀잎들을 통째
아작 낼 생각에 젊은 사내는 흐뭇해 있다.
그는 세끼 식사만으로는 배고픈
속이 텅텅 빈 잡식성 공룡이다.
그는 초원의 풀과 나뭇잎을 통째 아작아작 씹으며
어둡고 긴 굴뚝으로 크르릉크르릉 숨소리를 내는
사나운 동물이다
그가 통째 먹고 싶은 것이
비단 풀과 나뭇잎뿐이겠는가.
나무의 단단한 살을 오독오독 씹고 싶고
풀의 단단한 뼈를 오독오독 씹고 싶고
그보다 더 먹고 싶은 것은
붕붕 뱃고동 소리를 내며 바다를 달리던
철기시대의 녹슨 갑판일 수도
통통하게 살 오른 비단 구름일 수도
하늘의 질긴 껍질을 벗겨 내고 토막토막 잘라 놓은
물렁한 빗방울일 수도 있다

그의 몸 상부에는
대장간의 뭉뚝한 칼 한 자루가 있다.
뭉뚝한 칼 속의 둥글게 뚫린 두 개의 구멍으로
바람이 들고나고
햇볕이 들고나고
그는 핏덩이 혓바닥을 돌돌 말아
팔다리 다 잘린 불꽃에 날개를 만들어 준다.
아직 날개가 다 만들어지지 않은 불꽃들이
하늘로 날아오르다 끝없이 죽어버리곤 하지만
그의 몸 속에 죽지 않는 바람은
전쟁만큼이나 길고
전쟁만큼이나 탄약 연기가 자욱하다.
그때 책 속에서 걸어나온 마리아가
"이제 불을 뿜는 전쟁은 끝났다."
말을 하고 사라진다.

겨울 징소리

근 한 달이 넘도록 온몸 떨며 기침을 한다.
무엇 때문인지 몰라도
단 하루도 누워서 낮잠 자 본 일이 없는 고단한 몸
팍팍한 몸 그 속에 더 깊은 그 속에 몸이
이것은 아니라고 이래선 안 된다고 울컥울컥 쏟아놓는
불만의 언어
심장에 퍼런 징판 두드리는 소리가 덩덩 울린다.
구멍 뚫린 목에 가득 고인 징소리가 덩덩 울린다.

이제
눈빛 고운 햇살이
내 깊은 심장을 돌아
어두운 울음 떼어내고
푸른 싹 통째로 먹여줄 때가 되었는데

얇은 옷 갈아입은 산을
개미들이 어깨에 메고
남쪽으로 가는 것이 보이는데

보이지 않는 미생의 세균

근 열두 해가 넘도록 우리 몸에서 살았는데
이제 그만 이사할 날도 되었는데
속에 몸에서 누군가가 두드리는
겨울 징소리 아직도 덩덩 울린다.
온몸 파르르 떨리도록.

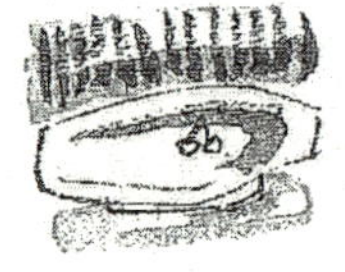

꽃

누가 와서 물어요.
당신은 어디서 왔느냐
당신은 어디로 가느냐
나는 대답해요.
꽃에서 와서 꽃으로 간다고
꽃이 살이고 씨인 나는
살아가는 방법도 간단해요.
허공을 걸어다니는 바람을 햇빛을
살점째 뜯어먹으면 돼요.
이빨 하나 없이 웃으며 살다
고민이 생기면 하늘을 보며
사색을 해요.
모든 것을 하늘에서 생각하면
결국 큰 벽 하나로 누워 있는 땅에서
힘없이 살아가는 것이 나지요.

눈을 크게 뜨고 보세요.
해도 낮밤 없이
바람도 낮밤 없이
나도 낮밤 없이

살아 있는 생명 속으로 들어가
시끄러운 소리에 멍들어 있어요.
이제 그 소리
살에 박히지 않았으면 좋겠어요.
뼈에 박히지 않았으면 좋겠어요.
하늘 가진
꽃으로 살아가려면……

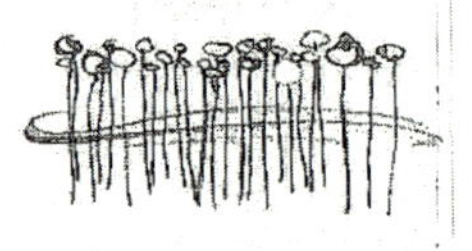

시계귀신(악몽)

나는 눈을 감고 꿈을 꾸었네
꿈속에서 내 몸에 납작 달라붙은 시계귀신을 보았네
형형한 두 눈을 번쩍거리며 무서운 칼을 갈고 있었네
쓱싹쓱싹 무엇이던 도륙을 내고 있었네
물렁한 것 딱딱한 것 모두모두
두부모처럼 아무 소리없이
잘려 나가는 처참한 장면을 보고 있었네
그 놈이 생명 속에 흐르는 피를 어찌나 탐하는지
하늘도 막을 수 없는 그 놈의 망나니 캄캄한 칼춤
이제. 그만…… 이제, 그만……이라고
외쳐 보았네.
그 놈이 내 머리칼을 잘라 내고 내 얼굴을 잘라 내고
내 손발을 잘라 내고 있었네
아! 이제, 이제…… 그만. 그만……이라고
통곡해 보았네.

나는 꿈을 깨었네.
무시무시한 시계톱을 들고
출근을 하고 있는 중이네
무시무시한 시계톱 속으로 들어가고 있는 중이네

나는 내 나무를 향해 가고 있는 중이네
하염없이 나부끼는 햇빛과
하염없이 나부끼는 그늘과
달디 단 바람을 먹고 물을 먹고
햇볕을 먹고 자라고 있는
내 나무를 향해 무시무시한 시계톱으로 쓱싹쓱싹
나를 쓸고 있는 중이네.
내 집을 짓기 위해
쓱싹쓱싹 나무를 쓸고 있네.

평범한 귀가

나는 또 몇 번의 블록을 지났어요.
보드블록이 누워서 하늘을 보고 있고
사치를 좋아하는 나는 발에도 한끝 사치를 한 채
뚜벅뚜벅 걷고 있어요.
사람인지 새인지 아무것도 보지 못한 체
저마다 햇빛을 입 안 가득 삼킨
집들을 지나 뚜벅뚜벅 구두 발자국 소리를 내며
걷고 있어요.
해를 베어 먹은 아스콘들이 배를 깔고 누워 있어요.

나는 또 몇 번의 블록을 지났어요.
어디인지 모르겠어요.
이제 빵집도 피자집도 하나 없는
싱싱하게 새로 돋아난 길뿐인 길을 가고 있어요.
잠자리 뒤척이는 하늘이 나를 빤히 보고 있어요.
하늘에서 내려온 꽃잎들이 나무에
곱게 앉아 시간 가는 줄 모르고
꽃말을 주고받으며 게임을 즐기고 있어요.
나는 꽃들을 보면서
하늘을 아삭아삭 먹고 있는 해를 불러내어

텅 빈 길을 뚜벅뚜벅 가고 있어요.

나는 수시로 하늘로 올라가는 바람을 타고
다리를 지나고 있어요.
바람에 수천 가닥 갈라진 물들이 흘러가고
물 속은 물소리로 시끄럽고
물 밖은 바람소리로 시끄러워요.
다리를 다 지났어요.
저기 집이 보이네요.
이제 사치할 필요도 없는 집에서
종일 입었던 옷을 벗고 따뜻하게 누워
나무껍질 같은 숨소리를 내며
뚜벅뚜벅 길을 걷지 않아도 되지요.
오늘밤에도 달 타들어가는 냄새가 나지요.

삼각뿔의 미니 헬리콥더

-콧구멍-

세상에서 가장 많이 열린
세상에서 가장 작게 열린 생명의 두 활주로가
모두 헛바람 새는 빈 구멍이다.
삶과 죽음의 밑바닥에 엎드린
깊은 비모의 수렁이다.
나는 코 안이 왜 캄캄한 지 모른다
살찐 까만 잔털들 뿌리내리고 숨어서 사는
그 암흑지대
물의 허공이냐, 불의 허공이냐
식별이 불가능한 쌍굴의 긴 터널
그곳은 내 완전한 순환보호구역이다.
그곳은 아무도 간섭할 수 없는
내 오밀조밀한 밀림숲 동물의 왕국이다.
들쥐 두 마리 두더지 두 마리 고슴도치 두 마리
어깨춤을 추며 잘도 노는 내 열대우림의 숲이다.
천근의 태풍도 만근의 해일도 순식간에 잡아먹어 버리는
내 황금의 피난처다.

내 코 속에 있는 비모를 사냥하기 위해
날 선 가위를
손에 쥐고 비鼻속의 우울한 밀림지대를 더듬는
한 여인의 손을 온몸 파르르 떨며 바라본다.
내 작은 어둠 속에서 자유롭게 서식하는 비모를
그녀는 싹둑싹둑 가위질한다.
힘없이 잘려진 비모가
가슴의 바람을 맞고 침대모서리 위에
보일 듯 말 듯 떨어진다.
아무리 만져도 구속이 없는
아무리 꼬집고 할퀴어도 전쟁이 없는
세상의 바람이 나의 바람이
그곳에 와 머물고
그곳에 와 잠드는
내 살 속에 살아 있는 두 개의 자유
세상의 공기를
내 공기를
혹은 토하고, 혹은 마시는
허공에 엎드린 내 바람 난 애인
옷 벗고 뛰어들어 초록 향기 물려주고
가식 없이 웃어주는
짭짤한 해초의 바다
오늘도 죽은 듯이 살아서
나를 지키는 두 개의 활주로.
두 개가 하나로 통하는 그곳은 유일한 우리의 통로다.

아픈 꿈

내 몸에 박혀 있는 작은 하늘 하나
아픈 꿈
오늘은 꼭 뽑겠다는 결심은 굳지만
그 못된 것이
내 몸 속만 헤집고 다니면서 당체 몸밖으로 나와
주지 않으니 또 너를 뽑아버리지 못하겠다.
그렇다고 너를 가만히 두면
내가 당장 사랑의 고열로 실신해 버리니
무엇으로 너를 진정시키지
이러다가는 내가 실성한 놈 되겠다.

내 몸에 박혀 있는 기생충 같은 하늘 하나
자꾸만 내 핏줄을 돌면서
불꽃신호를 쩌릿쩌릿 보낸다.
내 몸 망가지는 비명소리 다 듣고도 모자라
네 영혼의 그림자 앞세워
내 눈물의 마지막 남은 뼈까지 받아가려 하나
정체 없는 허공의 네 메아리에
내 깊은 잠까지 빼앗기겠다.

아!
아무리 떠나보내도
나를 떠나가지 않는 얼굴 없는
여인이여, 내 핏속에 녹아
피가 돌 때마다
소름 돋는 허전함에 내 억장 무너지는 소리를
듣는다.

보이는 것을 볼 때는
꿈이 아니다.
보이지 않는 것을 보려고
내 반쪽은 꿈에 묻혀서
그리운 여인을 꼭 잡고 있다.

미로 여행

메마른 잎들이
일렁이는 낯선 바람의 발밑에 깔려 버둥대다
온통 얼굴이 하얗게 질리네.
바람의 굵은 뼈마디가 나무에 달라붙어
수 천 개 눈들을 껌벅거리다
허버덩허버덩거리네.

해 없는 바람이
반도병원 504호실에
몸을 동그랗게 만 어머니의 하얀 얼굴에 납작 달라붙어
가쁜 숨을 거칠게 하네.
창문을 아무리 닫아도 메마른 바람은 어디서 오는지
어머니 마른 입을 더 바삭바삭 타들어가게 하네.

하늘과 땅을 과자처럼 맛있게 부셔먹던 나뭇잎들이
차가운 바람에 떨어져 버리네.
울음 솟을 구멍 하나 없이
잎 다 지운 앙상한 나무들이
흙에 온기를 따라 스물스물 발을 뻗고 있네.
비탈진 땅 속의 음울한 풍경이 발에 부딪치네.

빛 없는 빛이 바람 없는 바람이 온 몸에 부딪치네.

내과의사 선생님이
항문에서 장, 장에서 입까지의
구멍 뚫린 내장의 길이 천천히 막히는 중이라고
하늘도 어떻게 할 수 없는 일이라고
또박또박 어머니를 갉아먹고 있네.
바람은 천천히 깊은 밤으로 빠져들어 가고
어머니는 헛바람을 목에 감고 몸을 비트네.
손가락을 만져본다는 게 발가락을 만지고
발가락을 만져본다는 게 머리를 만지고
몸 속에 흐르는 피를 느끼지 못하시네.
아아!
어머니는, 어머니는

달을 불러내어 말을 걸던 병원 앞의 나무가
어둠에 사라지네.
달 속에 몸을 동그랗게 만 어머니가
사라지네.

나무뿌리

나무뿌리를 통째 뽑아보려 한 적이 있었다.
문어발 같은 옷을 입고 퍼덕퍼덕 헤엄치며 버티는
구부러진 나무의 숨결들이 어두운 땅속에서
불을 밝히고
싱싱한 흙의 침묵을 오독오독 씹으며
가늘고 긴 꼬리를 흔들던 나무들의
축축한 말소리를 들은 적이 있었다.
눈을 감고 반쯤 무릎을 꺾은 작은 물방울들이
편안히 잠들어 있던 그때 그 나무뿌리들은
뚜껑 닫힌 물병 속에서 '어부사시사'를 부르며
바다로 항해하는 듯
아무 곳에도 당도하지 못한 그들의 작은 꿈들이
뱃고동 소리를 길게 울리며
펄떡펄떡 뛰는 바다를 항해하던
붉은색 띤 환한 나무의 웃음소리를 들은 적이 있었다.
툭툭 불거진 나무의 손발을 괭이로 자르자
내게 달려들던 나무의 핏방울들이
전신을 후둑후둑 때려
나는 그만 땅의 문을 꽝 닫고 말았다.
땅 밑을 떠돌던 나무뿌리의 그때 그 아우성 소리들

깊숙한 생의 밑그림들
땅 밑을 떠들던 그때 그 어느 순한 생의 언어들
얇은 나무껍질 같은 눈꺼풀들을
붙혔다 떼며
흙만 먹고 자라온 밥을 먹던 우리 가족들이
나무의 질긴 뿌리를 오독오독 씹는 듯

나무뿌리를 뽑아보려 한 적이 있었다.
온 세상을 떠돌던 돌을 잡고
힘든 생을 버티던 그때 그 나무들의
노획되지 않았던 단단한 들숨날숨
맨발로 흙길을 걷고 달리던 우리 가족들의
힘찬 발걸음 소리를 들은 적이 있었다.

제2부

멍게들의 꿈

아! 나는 금빛 몸을 반짝이며
퍼덕퍼덕 온 세상을 날아다닐 거야.
미루나무 잎사귀 배를 타고 헤엄치는
고기들에게도 안녕 인사를 하고
조용한 바람 몇 개 입에 물고 잠을 자는
나무들에게도 안녕 인사를 하고
구름 몇 개 겨드랑이에 끼우고 웃으면서
온 세상을 날아다닐 거야.

비에 관한, 나에 관한 변증

비를 쥔 손이 흙 속에 쾅 박힌다.
단 몇 시간만에 살아남은
구름들이 꽃피운 말은
박힌다. 급하다. 옅다.
뭐든지 닫기만 하면 축축하게 눈물이 배어들어가는
어머님의 한숨소리 같은 것이었다.
종종 걸음에 쉼표 하나 없는 너는
온 허공을 너의 영역으로 만들어
쿠르릉쿠르릉 소리를 지르기 시작했다.
하늘에서부터 땅 끝까지 슬픈 문장을 만들어
마음에서 마음으로 나부끼게 하는 글을 읽어 주었다.
참을래야 참을 수 없이 쏟아져 나오는
너의 목시린 문장들은
사방에 바람 들어갈 구멍 하나 없이
세상의 마지막 진실 같은 고독이었다.
너의 예민한 살결은 늘
스스로 절대고독 안에 뒹굴어
축축하였다.

비장한 생명의 소리들이

어금니를 깨물고
소리소리 지르며
굵은 빗줄기 사이로 하나의 역사를 만들어가는
너의 비애스런 아름다운 문장들은
땅 밑에서 떠도는 푸른 잎맥들을
땅 밖으로 쏟아져 나오게 하였다.

너는 이 세상에 구름들을 물로 바꾼
마지막 빗방울이자
봄에 관한 나의 상상을 현실로 만들어 준
나에 관한 변증이었다.

너와 나의 변천사

이미 죽은 지 오래된 시간을 파 먹어 들어간다.
아니 타임머신을 타고 내 긴 역사 속으로 뛰어들어
바싹 마른 뼈 부서지는 소리를 듣고
살타는 냄새를 컹컹 맡는다.
이미 죽은 지 오래된
내 시간을 발굴해 해체한다.
흙냄새뿐이다, 물소리뿐이다, 바람소리뿐이다.
독거미도 노리개로 가지고 놀던 나와 당신이
역사의 모니터 창에 나타나
맨발로 뛰어다니기 시작한다.
우리는 날마다 늘 배가 고팠다.
우리는 날마다 늘 배가 아팠다.
나무가 밥이었을 때
나무껍질이 밥이었을 때
풀이 밥이었을 때, 우리 내장은 발가벗었다.
사이렌 울음소리같이 갈갈이 찢어진 우리 몸 소리는
제발 좀 배부르게 해 달라고 늘 애원을 했고
늘 소리를 질렀다.
밑 금간 사기물동이 같이 물 고일 여가가 없었던
나와 당신은

늘 공복이었다. 정확한 공복이 맞을 때가 많았다.
우리가 마음놓고 배부르게 먹었던 것은
참, 잘도 참음이었다.
오! 제발 소식하라고 배가 고파도 참으라고
머리에 대롱거리던 인간의 먼 역사 같은 기원 같은
깡마르고 피부가 새까만 물배 뽈록 찬 우리
봄여름가을 해는 알몸으로 동글동글 굴러다니고
맑은 햇빛에 녹은 바람의 몸에서는 산딸기향이 나고
나와 당신의 몸에서는 풀 냄새와 나무 냄새가 나고
배고픈 냄새가 났다.
나와 당신이 발가벗은
겨울에는, 겨울에는
얼음을 들이대는 무서운 계절이 꿈이었으면 하고
살을 태우는 바람이 꿈이었으면 하고
너무 추워서, 정말 추워서
광대뼈가 깎여 얼굴이 비뚤어졌지.
내 몸에 당신 몸에 시도 때도 없이
사이렌 소리가 바글바글 기어올랐지
삐거덕 삐거덕 나무배를 타고 강으로 바다로
흘러가 버린 나와 당신의 역사.

생명공학

날이 밝았다. 빌딩에 가려 있던 아침 해가
고개를 들어올리고 붉은 피를 토해 놓는다.
끝없이 웃는 피다.
천천히 침식되는 인간의 군상
땀으로 찌든 생명의 낡은 체취들이
땅 속으로 가라앉는다.
철근의 무게조차 얇아져 버린 우리의 기억 속에는
때론 화려한, 때론 초라한 허리 끈 같은 집들이
바람에 부서져 날아간다.
땅 위에는 햇빛이 가는 길뿐이다.
이제 지구는 해의 집이다.
해의 붉은 자궁에서 송아지 한 마리가 살을 찢으며
태어난다.
젖소목장에 목장갑 낀 김씨의 손이 파르르 떨린다.
김씨의 아내는 젖소우리에 묻어 있는
붉은 피를 쓸어낸다.
젖소의 커진 자궁 사이로 뭉툭한 송아지 한 마리가
땅에 툭 떨어진다.
어미 젖소에서 한우 송아지가 태어났다.
송아지는 발버둥치며 일어선다.

송아지의 숨 고르기에 어둠이 녹아서
바람으로 흘러가고
얼룩무늬였던 햇볕이 누렁이 한우로 변신해
음매음매 운다.
아무리 손아귀에 꽉 쥐어도 뭉쳐지지 않는 모래처럼
김씨 손아귀에 잡히지 않는 햇빛들이 둥둥 떠다닌다.
수정 난 이식에 성공을 한 김씨의 눈이
수없이 반짝인다.
우사 옆 안방 TV에서는 하인스 워드가
국제공항에 내려 수 십 명의 기자들에게 둘러싸여
번쩍번쩍 카메라 세례를 받는다.
오늘 아침은 혼혈의 피가 출렁출렁 빛난다.

백지의 꿈

너는 누구의 사랑이 필요했나
네 속에 네 관심이 필요했나
틈만 나면
흰 백지를 입으로 가져가 꺽꺽 씹는다.
단맛 하나 없는 무욕이 그렇게 절절 했나
해일이 이는 대양의 바다를 건너온
불타는 사막을 건너온 나무의 선한 삶과
나무의 선한 죽음을 모두 먹어치우기 위해
틈만 나면 너는 흰 나무를 통째 꺽꺽 씹는다.
나무들이 아이들의 하늘이 되어 일기장 속을
훨훨 날아다닐 날을 꿈꾸며 나무를 통째 꺽꺽 씹는다.
지독한 물의 단맛을 다 벗어 던진
지독한 삶의 껍질을 다 벗어 던진
하얀 종이를 씹으며 너는 무슨 꿈을 꾸나.

투-욱 줄 끊어진 연이 바람을 따라
너울너울 날아간다.
백조 한 마리 하늘로 훨훨 날아간다.

탄약고

너의 삶이 짧았다고
너의 삶이 어두운 계곡뿐이었다고
하루에 세 번 너를 처넣었다고
더러운 냄새를 통통 피운다.

화생방 실탄을 가득 장전한 총을 한 자루 메고
그는 냄새 통통 나는 탄약고에 들어간다.
반쯤 열린 탄약고 속에는 실탄 껍질과 탄알이
분리된 쓸모 없는 총알의 파편들이
어지럽게 널려 있다.
생의 불을 내뿜었던 완강한 실탄들이
혹은 부러진 채 혹은 찢어진 채
온몸을 웅크려 똘똘 말려 있다
사람의 꾸린 냄새를 피우며
파발마처럼 그의 앞을 가로막는다.
그는 한 명이 아니라, 여러 명이고
그는 한 부류가 아니라, 여러 부류다.
기름덩어리를 처먹는 놈
김치를 처먹은 놈

모니터 창 화면이 바뀐다.
온갖 사람들이 손가락에 힘을 주어 총을 탕탕 쏜다.
그는 몸통 안에서
어떤 체위에 있었건 죽지 않으려고 하던 놈,
죽으려고 하던 놈, 어수선하게 뒤엉켜
후진국의 지저분한 풍경을 만들어 놓는다.
하루에 세 번 꽃이 피었다
하루에 한두 번 꽃이 지는
그와 사람들과의 만남은 필연적이다.
사람들이 총을 쏠 때마다 둔탁한 소리를 내며
떨어지는 짧고 굵은 그의 가래떡들은
뒤엉켰다 뭉쳤다 하면서
혹은 개미 죽는 소리를 내다
혹은 김밥 옆구리 터지는 소리를 내다
홀로 서는 밑창의 영웅이 된다.
퉁퉁 불은 더러운 사람의 시체이기도 하고
꾸리한 사람의 과적이기도 하고
그의 캐릭터는 쓸모 없는 탄피이거나
자신의 영지를 잃은 패잔병일 듯
악창처럼 달라붙은 배고픔을
우악스럽게 다스려왔던 사람들이
이제 생의 시작도 결말도 없이 홀로 선 밑창의 그들
더욱 부서지고, 더욱 짓밟혀
다시 물과 바람과 흙으로 되돌아가
푸른 잎, 잎을 온몸에 달고 바람을 희롱하는

풀과 나무로 태어나길 바라며
엉덩이에 다급하게 걸린 그는 하루도 쉬지 않고 총을
탕탕 쏘아대며
먹고 마시고 싸는 전쟁을 계속한다.

눈물의 모양

눈물의 모양을 확인하기 위해
캄캄한 동굴 속으로 기어들어 간다.
죽은 과거들이 살아서 꿈틀거린다.
눈물이 보이기 시작한다.
괴물 같은 눈물이
뇌의 렌즈 속으로 들어온다.
아무 모양이 없다.
아무 입자가 없다.
몸 속 어디에 숨어 있다.
뚜벅뚜벅 소리를 내며 기어나오는
벌레 수천 마리
온몸을 스물스물 기어 다닌다.
눈물이 기도를 시작한다.
울지 않으면 좋겠다고
단단하면 좋겠다고
생의 바다에
거친 파도가 휘몰아친다.
천둥소리보다 큰
기억의 출구가 갑자기 열린다.
초초한 마음을 소리 내어 읽는다.

통화버튼을 수없이 누른다.
전화기 속에는 아무 반응이 없다.
뚜, 뚜,　뚜뚜……
아무 반응이 없다.
퉁퉁 부어오른 눈의 절벽에서
물방울이 뚝뚝 떨어진다.

대추나무 할아버지

약 십 몇 년 전 일이었다.
산골짝 물이 아이 웃는 소리를 내며 글씨 못 쓰는
어머니가 써놓은 글자 같이 꼬불꼬불 흘러가는
물 맑은 곳에서 편지 배달할 때 일이었다.
사람과 자연과 잘 어울려 보였고
허리 휘어진 사람들이
나무 휘어진 모습과 흡사하게 보였다.
서늘하고 순한 삶이
아름다운 수채화로 찍히던 날들이었다.
그러던 어느 날
전동기 휠체어를 탄 채
소여물을 주는 할아버지를 만났다.
겨울 대추나무가지 같은 앙상한 손가락을
오므렸다 폈다 하며
소여물을 주는 모습은 딱하다 못해 안쓰럽게 보였다.
나는 생각할 겨를도 없이 소 몇 마리가
종일 먹을 수 있는
넉넉한 분량의 여물을 소구시에 가득 넣어 주었다.
목을 몇 번이나 꾸벅거리시는 할아버지를 뒤로 하고
배달을 다시 떠나던 내 가슴에는

장례식 몇 장면을 본 것처럼 쓸쓸하였다.
근 30일 동안 스산한 눈빛의 휠체어 할아버지를
만나던 일이 지금도 가끔 생각난다.
뒤에 안 일이지만, 아들 딸들은 도회지로 다 떠나고
수발을 들던 부인마저 심장병으로
대구 모 병원에 입원 중이었을 때였다.
만담류의 우스개 이야기 한 보따리 가슴에 담아
철없이 떠돌며 집배를 다니던 나는
고통에 둘러싸인 사람들의 생활에 관심을 갖게 한
동기가 된 그때, 그 대추나무 할아버지
더 얻을 행복도 더 빼앗길 행복도 없는
영원이 되어버린 그때 그 대추나무 할아버지.

내 몸 속에 내 마음이 살아만 있다면
내가 두 다리로 걸을 수만 있다면
손발 없는 사람의 손발이 되어 주겠다고
온몸으로 외치던
그때의 내 모습.

처절한 울음소리

도야지가
무릎을 꿇고 버티며
도살장 앞에서 울고 있다.
머나먼 서역 하늘에
길게 박히는
도야지의 차가운 갈비뼈 울음소리.

안경을 낀 사내가
도야지의 옆구리 밑
슬프고 쓰라린 어둠을 찾아
고압 쇠붙이를 대고
죽음을 긁고 있다.

피 묻은 툭사발에
막걸리 한 잔 부어 마시며
무심코 하늘을 보고 있는
사내의 얼굴에
검붉은 도야지 피가 어룽거리고 있다.

만 월

먼지 묻은 창문 틈에 꼭꼭 낀
내 손가락 두 개
내 손가락 두 개 속에 머리 풀고 꼭꼭 낀
구붓한 그믐달 한 개
손가락 하나 들어올리면 창문 틈
삐져나와 자유한다.
손가락 둘 들어올리면 창문 틈
삐져나와 평화 한다.
구붓한 그믐달 가락지를
두 손가락에 마주잡고 들어올리면
허공도 삐져나올 틈이 없어
꼭꼭 낀 손가락 두 개가
먼지에 떨어져 허우적인다.
그때 하늘을 보니 거꾸로 머리 처박혀
움쩍 하지 못하는 그믐달이
내 손가락에 끼어 파들파들 떤다.
오른 팔이 불구인 나는 머리로
창문을 밀어보지만
창문은 꿈쩍도 하지 않는다.

목련꽃

큰 입으로
죽을 힘을 다해
처음부터 배우지 못한
말을 하였는데
"만나서 정말 반가워요"

아!
그 말 마디마다
목련 꽃잎이 땅에 떨어져
붉은 피를 토했다.

세상 어디에 저렇게
목숨 바친 순결한 말이
또 있을까.

무서운 아이들

무서운 아이들 육칠 명
잔인한 놀이에 몰두했었지
먼지처럼 작은 새떼들이 풀숲을 옮겨다니던
그 착한 새를 기르던 산에서
우리는 새끼 새떼들을 쫓기 시작했지
허공 길 가려는 힘 없는 새끼 새를 잡기 시작했지
그중 누군가의 손에 새끼 새가 잡혔지
나도 새를 잡았지
금방 죽어 버릴 것 같은 새를
우리는 비단 흰 실로 다리를 칭칭 묶고
해종일 손에 들고 다녔지.
무서운 아이들의 손바닥 위에서
흰 똥을 싸면서 날개를 수없이 퍼덕이던 새는
그만 죽어 버렸지
내 손바닥 위에서 날던 예쁜 새도 그만 죽어 버렸지
때는 봄이었고, 우리는 아이들이라
모두 꽃으로 보였지
해종일 맨발로 뛰어다니던 우리들의 열망
푸른빛 도는 도깨비 방망이를 잔인하게 휘둘러
새끼 새를 죽이고도 당당했던 내 친구와 내 웃음들

지금은 땅에 엎드린 허공에 엎드린
근심 많은 시계소리가 우리의 살에
박힌 지 오래 되었지.
시간이 남긴 흰 추억의 뼈다귀 울음소리가
비 오는 날 더 징징거리지
우리들의 웃음소리도
그때 그만 끊어지고 말았지.
나와 무서운 아이들도 새끼 새처럼
그때 하늘로 사라지고 말았지.
만산 허공을 우짖던 우리의 우렁찬 소리.

물안개

저 안개 걷히면 나 잊으며 가리
앞으로 다가오는 풍경보다
지나온 풍경이 더 황홀한 것은
내가 잊으며 살아갈 운명이기 때문이리.

하늘에서 땅으로 떨어지는 빗방울보다
땅에서 하늘로 떠오르는 물안개가
더 아름다운 것은
무슨 까닭인가.

다시 돌아옴이 없는 아련한 물안개를
꽃으로 간주하기엔
그 메아리가 너무 약했다.

저 안개 걷히면 나 잊으며 가리
햇볕 자라나는 봄 들녘에 나와
돋아나는 들꽃이 되리.

저 안개 걷히면 나 잊으며 가리
언어 없는

이름 없는
사랑 없는
세상 없는 세상으로.

거미를 사육하는 사람

나에게는 정말 묘한 친구가 한 놈 있다.
그 친구는 20년 동안이나 별것도 아닌
평범한 거미 한 마리를 애지중지 키우고 있다.
그에게 빌붙어 사는 거미 놈도 아주 별난 유색종이다.
친구의 구석구석을 쑤시고 다니면서 줄을 치고
그네를 요란하게 타곤 한다.
그 야행성 거미는 낮밤 없이 자신이 친 줄이
그의 집이고 길이고 먹이를 포획하는 사냥용 도구다.
그 그미는 때론 똑바로 때론 비딱하게
때론 거꾸로 길을 간다
별난 친구 놈은 거미의 무엇에 반했는 지 틈만 나면
그 거미를 손바닥에 올려놓고
거미가 자신의 손금 위를 고물고물 기어 다니게 한다.
그 야행성 거미는
마치 친구의 손바닥을 자신의 놀이터인양 의기양양 기
어다니며 손바닥을 혀로 빨고 입으로 잘금잘금 문다.
그 때마다 그 유별난 친구 놈은 기쁨에 들떠
휘파람을 불고 콧노래를 흥얼거리고 비명에 가까운
교성까지 질러댄다.
친구 놈이 키우는 거미의 식사법은 아주 독특하고 잔인

하다.
산 먹이건 죽은 먹이건 생명 속에 있는 물기를 체액으
로 촉수로 뼈 속에 든 마지막 남은 한 방울의 물기까지
다 빨아야만 식사를 마친다.
더욱 신기한 일은 물기를 다 빨린 먹이들이
흔적 하나 없이 완전히 사라진다는 점이다.
그 거미 놈들이 너무 번성해 지구조차 삼키려고 들면
큰일이다.
유색의 잔인한 거미가
가는 발을 다 접고 깊이 잠들어 버리거나 하면
혹여 죽었나 싶어 깜짝 놀라 거미를 흔들며 이름을 부
르곤 한다.
거미는 잠에서 깨어나 여기 보여 여기 보여라고 대답하
고, 그 친구 놈은 여보여 여보여 하며 부른다.
긴긴 인연을 몸 안 가득히 품고
입으로 중중연줄을 뽑아 곡예를 하면서
몸속에 질긴 인연의 오랏줄을 타고 부풀어 올랐다
진저리치며 나락으로 처박히는
세상의 거미 떼들
그 울타리 안은 살맛나는 보금자리다.
그런데 그 친구 요즘 이사를 한다고 분주하단다.
콘트라 섹슈얼리즘에 밀려 분가를 한단다.

※(그미 : 그이, 그녀)

멍게들의 꿈

벌레들이 살던 집은 어찌 구멍도 하나 없이
벌레들이 빠져나갔을까
가끔 개미들이 다가와 발로 냄새를 컹컹 맡다
벌레 한 마리 살지 않는다고
궁실거리며 지나갔지.

진짜 아이가 가짜 엄마를 기다리는 집은
나라어린이 집
가짜 엄마 가짜 마누라는
오늘도 가시투성이 멍게가 되었지.
아이는 힘차게 기어다니며 재롱을 피우던
과거를 다 잊고
어린이집 방바닥에 퍼질러 앉아 목을 쏘옥 내밀어
진짜 엄마를 눈물 달린 머리로 찾는 중이지.

눈이 발에 달린 사람들이 과자 부스러기처럼
널려 있는 거리의 음악을
빨아먹으며 길을 가고 있지.
바람에게 몸을 맡기면 음악이 만들어지는
새 한 마리 보지 못한 채

물에게 몸을 맡기면 음악이 만들어지는
물고기 한 마리, 보지 못한 채
거품을 뽀글거리며 차가운 물 속을 헤엄치고 있지
세상에 가짜 아빠와 가짜 엄마가 많으면 많을수록
텔레비전 시청률이 올라가지
시청률이 왜 올라가는지 시청자는 알 수 없어도
시청률은 잘 알고 있지.

엄마를 찾아 헤매는 아이들이
아이를 찾아 헤매는 엄마들이
멍게가시에 찔려 바다 울음을 울고 있지
보육원 선생님이 우는 아이의 엉덩이를
톡톡 두드리며 휴지로 눈물을 닦아주지
바다가 깊은 만큼 울음이 깊은 아이들
바다는 생생한 오디오
바다는 생생한 텔레비전.

가짜 엄마가 진짜 아이에게 가짜 젖꼭지를 물려주면
가짜 젖은 맛이 없어
아이는 울지
가짜 엄마가 진짜 손가락을 아이의 입에 물려주면
여인의 따뜻한 피를 배고픈 아이가
빨아먹으며 울음을 그치지.

텔레비전을 과자처럼 부서먹고 있던 사람들이

핸드폰으로 음식을
주문하고 있지
눈물이 밥인 엄마들이 밥을 먹고 있지
우리는 진짜 엄마 진짜 아빠가 되고 싶어
가짜 나와 가짜 마누라가
텔레비전 바깥으로 뛰어내리려고 발버둥치고 있지.

그때 나의 꿈이 텔레비전 화면에서 똑 소리를 내며
게발처럼 부러지지.

밤이 오면 돈에 손가락을 물린, 고급주택에 발가락을
물린 사람들이
절뚝거리며 왈왈 집으로 돌아오지.
밤이 오면 아이를 찾아온 엄마들이
가족을 찾은 아빠들이
꽃잎같은 부드러운 밤을 덮고 멍게 꿈에서 깨어나지.
아직도 일주일에 5일 이상 텔레비전만 먹는 사람들은
멍게가시에 찔리는 사나운 꿈을 꾸고 있지.

꽃으로 가고 싶어요

어디로 가느냐고 누군가 와서 물어요.
예! 하고 반문해요.
속으론 꽃으로 가요, 대답하고 싶었죠. 나는
사랑하는 방법을 몰라 가시가 내 꽃의 씨앗이죠.
하지만, 햇볕 들고 나는 것은 바람보다 더 잘 알아요.
그런 내가 땅에 묻히려 해요.
이름은 몰라요.
가시 많은 속눈물 찔금찔금 흘리며
다음 생에 꽃이 되고 싶어요.
저기 하늘에 번지는 내 눈빛 좀 봐요.
영롱하지도 곱지도 않아요.
내 눈물이 다 말라 버린 가시 꽃이 보이죠.
세상의 바람을 타고 가면서도
울지도 웃지도 않아요.
누군가 와서 물어요.
계화 마을이 아니냐고
나는 이곳이 계화라고 대답해요.
눈물로 찍어내는 가시 꽃을 피우다
씨로 변하는 사람들이 많이 사는 마을이죠.

몸이 보이지 않아요.
파란 잎이 하나도 없어요.
죽을 것 같아요.
죽은 꽃이 아니라 산꽃이 되고 싶어요.
목마른 낙타를 타고
세상을 비웃는 바람은 되기 싫어요.

금붕어 입에서 별이 나온다

세수 오백이 넘은 사람이 누워 있다.
하늘 땅 밀고 다니는 태양 옷 벗어버리고
비바람 벗어버리고 조용히 누워 있다.
생의 끔찍한 거물을 찢고 나와
시끄러운 입을 닫고
배고픈 입을 닫고
가만히 누워 있다.

깨끗한 것 더러운 것 보던 눈을 감고
뼈마디 하나 없이 동그랗게 몸을 말아
붉은 금붕어가 되어 누워있다.

줄 것도 받을 것도 하나 없는
벌fp먹은 흙 한 줌 위에
무당벌레 자박자박
기어다니며 쥐꼬리만한 햇빛에
시취屍臭 말리고 있다.

검은 지네발 납작 땅에 붙이고 엉금엉금 기어다니며
죽은 세월도 파 뒤집는

질긴 사랑 옷 다 벗어놓고
목어소리 은은히 흐르는 깊은 산 속에
암자 하나
쿰쿰한 젓갈내 나는 내 염장 속에
언제 앉힐 수 있을까.

아직도 동그랗게 배를 불리고 누워서
사랑을 임신한 금붕어 입에서 별이 나온다.

가난한 우리의 미래

빛이 우물처럼 고여 떠나지 않는 자리에
초원을 누비던 양떼들의 거친 숨결이
작은 내 손에 만져 지네요.
손등에서 물방울이 뚝뚝 떨어지는 고운 어머니가 향처럼
내 몸에 고요히 얹히네요.
쉿!
지금은 겁 많은 양떼들 식사 시간이에요.
옷을 여기 저기 벗어놓고
벌거숭이로 뛰어 놀던 어린아이들이
양들의 식탁 앞에 귀를 쫑긋 세우고 서서
까르르 웃고 있네요.
보이세요?
숲을 지나 들을 지나 집으로 돌아온 어머니들이
우리의 가난한 식사를 준비하네요.
젖가슴이 하나 같이 평평한 여인네들이
아이들의 머리를 매만지며
까르르 웃고 있네요.
천 년을 하루 같이 세상을 달려온 넓은 대지를
어둠이 등에 업고 하늘로 떠나면
태양을 베어먹던 양들은 무릎을 꺾어 몸을 낮춰

잠을 청하지요.
그때 가난한 우리의 어머니들도
몸을 동그랗게 말아 당신을 쉬지요.

하늘이 다 물러가고
양떼들이 다 물러가고
지금까지 초대 받던 우리의 어머니들도 물러가고
낮밤 없이 침묵을 갈아엎는
굴삭기 기계음 소리들 우리 밀림을 몰아내네요.
화분에서 키우고 있는 우리의 작은 숲들이
너무 빨리 늙어가네요.
빛이 우물처럼 고여 떠나지 않는 자리에
우리들의 새들이 멀리 떠나네요.

십리사탕

사랑 같은 것은 지나가는 개울음
실명한 귀뚜라미 목 꺾어지는 소리
개밥에 도토리 알
그것 때문에 허기에 지쳐본 일 없고
몸살을 앓아본 일 없는데 있거나 말거나
딱히 그것이 먹고 싶어
군침이 입에 돌았던 것은 아니었지
정말 포장지가 예쁜 사탕이었지
정말 향기가 예쁜 사탕이었지
그저 심심해서 그랬다면 뭣 하고
군것질 정도로 조금 먹고 싶었지
있을 때 없을 때를 생각하자는 요량이었을까
그런 것은 아닐 테지만
골이 깊은 호주머니에 십리사탕 한 알 넣어서
우악스런 손아귀에 쥐었지.
아주 잠시였지만, 저고리 고름을 풀어도 될 허락을
받은 사랑 한 알
피 섞인 사랑 한 알 먹고 싶어서 먹어버렸지.

그날 이후

내 마음 풀밭이 파랗게 들뜨기 시작했지
애정 결핍증 증후군의 병을 앓기 시작했지
사방의 벽들은 날이 저물고 혼자 걷고 기어서 토해 놓은
거미줄 위로
애태우던 나의 마음은
풀밭 갈아엎는 굴삭기 엔진소리에
동서남북 딸딸 울렸지
내 마음 풀밭은 까맣게 타죽었지
그 꽃을 꺾지 말았어야 했지
그 꽃을 먹지 말았어야 했지
십리사랑 한 알 먹은 것이 큰 실수였어
그렇게 쉽게 녹아 없어지는 사랑 한 알 먹고
물에 출렁출렁 발이 빠지고 가슴이 빠지고
목이 빠지고 눈이 빠지고
나는 익사했지
나는 그만 내 눈물에 죽었지.

호호, 하하! 회백색 사탕수수 꽃송이들아······.

사 리

발을 후비다, 손을 후비다
내 몸뚱어리 전부를 후비다.
피가 난다, 빨간 피가 아리며 난다.
빨간 내 피 속에서 유유자적 걸어나오는
한 여인이 보인다.
삶의 욕망이 절절한 내 빨간 피
피 속에 살이 보인다.
피 속에 피의 뼈가 보인다.
내 피의 살과 피의 뼈로 포식한 그녀가
유유자적 걸어나온다.
나는 해탈의 움직임으로 마지막 춤을 보여주며
현실에 없는 먼 현실에 있을
미래에 없는 먼 미래에 있을
감감한 그녀에게 사랑의 노래를 불러준다.
흘릴 수 있는 눈물은 슬픔을 진정하지만
눈물로도 솟아 주지 않는
아픈 사람의 시는
불멸하는 사리

산행을 하다가

지리산 노고단 산길을 타다가
끝없이 장전된 연발탄 해를 맞다가
와글와글 쏘아대는 바람의 탄환을 맞다가
벌겋게 익어가는 내 피를 향해
팡팡 열다섯의 웃음을 쏘아대다가
나는 들었다.
무르익은 지리산 노처녀가
천 년 넘은 하늘을 꼬드겨 내어
하얀 속살을 팡팡 터뜨리다가
방아쇠 당기는 바람소리
나는 들었다.
무르익은 지리산 노총각이
천 년 넘은 천왕봉을 불러내어
팡팡 물총을 쏘아대는 물소리
나는 지리산을 향해
지리산은 나를 향해 연발탄 총을 팡팡 쏘다가
슬픔도 외로움도 살 수 없는 지리산 노고단에
안락사한 하늘을 보다가
나이 없는 돌부처에 걸려 온 몸을 휘청거리다가.

빛이 오는 소리

미루나무 잎사귀 배를 타고
긴 강을 따라 퍼덕퍼덕 헤엄쳐갔지.
나뭇가지가 뒤집어 쓴 밤은, 강물이 뒤집어 쓴 밤은
아주 단단했지.
거미가 내장을 꺼내놓은 밤은 내가 아무리 매달려도
줄이 끊어지지 않았지.
신이 양식보다 더 심혈을 기울여 만든 밤은
내가 옷을 편안히 벗을 수 있는 자유를 주었지.
세상은 어디서 상처를 입었을까
나는 어디서 상처를 입었을까.
상처를 기록한 글자 같은 이슬방울들이
편안히 잠자는 밤을 마구 뒤흔들고 있었지.
착한 새벽이 밤을 밟고 멀리서 오고 있는 중이야
나는 마법에 걸려 배고픈 벌레처럼 꿈틀꿈틀 움직이기
시작했지.
이제부터 가시 현상이 서서히 얇아지고 있어
망각은 몽롱한 꿈과 같이 얼마나 신선했던가.

깨어진 어둠의 파편들을 걸레로 닦아낼 때부터
내 몸에서 거품이 일기 시작했어. 물을

고무풍선으로 만들어 내는 마술 같은 것은 아니었고,
몸에 백해무익한 담배연기 같은 것을 빨아들일 때부터
이상한 신호가 오기 시작했어.
나에게 환상이 오고 있는 중이겠지
저기 봐
사람들이 깔아뭉갠 구름을 타고
맥주거품이 하늘로 올라가고 있어
팔다리가 없는 바람에게 뒤통수를 쥐어박힌 구름들이
온몸을 휘청거리고 있어
음악도 알고 보면 구름을 만드는 과정이야.
물도 알고 보면 구름을 만드는 과정이야.
입을 틀어막는 물을 뿌리치고 악기 한 개씩 물고
음악을 연주하고 있는 물고기들을 봐
내가 물고기보다 더 신이 난다구
물이 왜 감미로운 음악인지 이제 알겠지
물고기들의 현란한 연주 덕이지
몽롱한 가시 현상은 더 얇아졌어
내 걸레질은 끝나지 않았어. 아직 닦아내야 할
묵은 때가 남아 있어
벽돌보다 강철보다 강한 바람이 생선비늘 같은
먼지들을 토막토막 잘라
사람들 눈에서 보이지 않는 곳까지, 스스로 깨끗이
하늘로 정화되는 곳까지 날려 보내고 있어
바람은 정말 착한 혁명가야.
걸레질이 필요 없는 하늘에는 땅에서보다 더 빨리

따스한 해가 감미로운 노래를 부르고 나타나겠지.
발가락을 눌러 어두운 침묵의 보자기를 펼쳤던
하늘이 다시 어두운 세상을 돌돌 말아버리겠지.
태양은 두 개야,
하늘에서 뜨는 태양, 땅에서 뜨는 태양
나는 힘없는 여자야. 매사에 조심하지 않으면 뒤에서
손을 뻗어 나를 어떻게 해 보려고 야단들을 치겠지.
나는 싱싱한 생선 비린내가 펑펑 나는
예쁜 물고기거든.
바람 한 권씩 가지고 온 뭇 남자들이 바람을 펴보라고
바람을 읽어보라고 아무리 치근덕거려도
처녀성을 잃어서는 안 돼지, 안돼.
코를 문지르고 나타난 땅의 거친 손에 멍든 나무와
풀을 봐
나는 내가 아무리 예뻐도 걸레질이 서툰
초보 파출부야.
귀뚜라미 눈알을 박살 내고도 전혀 모르고 있잖아.
어디서 상처를 입었을까, 팔에서 피가 나는데 눈알이
왜 따끔거리지.
쉿! 지금 전화가 걸려왔어. 세계 종합 의류 센타에서
걸려온 전화야.
국화무늬 원피스를 한 벌 구입하지 않겠냐고
나는 구름 바탕에 붉은 해를 수놓은 일출을
빨리 입고 싶다고 주문을 했지.
아! 나는, 나는 오감이 하늘에 달린 태양을

꼭 입어야 한다고 거듭 주문을 했지.
나는 생리 혈을 펑펑 흘리며
아직 처녀성을 잃지 않은 예쁜 태양이야.
걸레질이 서툴다고 초보 파출부라고
아무리 놀려도 금빛 몸을 반짝이며
퍼덕퍼덕 온 세상을 날아다닐 거야.
미루나무 잎사귀 배를 타고 헤엄치는 고기들에게도
안녕 인사를 하고
조용한 바람 몇 개 입에 물고 잠을 자는
나무들에게도 안녕 인사를 하고
구름 몇 개 겨드랑이에 끼우고 웃으면서
온 세상을 날아다닐 거야.

제3부

지금 나는 배달하는 중이다

나는 일에 갇히는 중이다.
나는 뜨거운 태양에 갇히는 중이다
집배가방 목에 걸고 갇히는 중이다
나무 그늘 하나 없는 폭염 사이
바람 하나 없는 폭염 사이
무더운 여름을 통과하는 중이다.
소금 한 주먹 만드는 중이다.
나는 시를 배달하는 중이다.

새 꿈을 꾸고 싶어요

지금 누워 있는 곳이 어디인지 몰라요.
알려고 하지 않아요.
시간을 주워 먹는 배고픈 곤충의 집 같아요.
그렇지만 나는 배고프지 않아요.
속을 다 비우고 편하게 누워 있는 새벽이거든요.
무척 졸려요. 졸리는 만큼 무척 편해요.
벌써 사람들은 높은 곳에 올라가
만세를 부르기도 하고
웃기도 하고 울기도 해요.
알고 보면 웃음이나 울음이나 노래 한 소절 속의
악보에 불과하지만요.
나는 아무것도 몰라요, 슬픈 나만 알아요.
슬픈 나를 몰랐으면 좋겠어요.

나를 바꿔 보고 싶어요.
나를 새로 만들고 싶어요.
새빨간 메니큐어를 발톱에 바르고
나를 기둥처럼 받들고 있는 발에게 잘 하고 싶어요.
비대한 내 몸을 업고 다니면서도 군말 한 마디 없는
발에게

정말 잘해 주고 싶어요.

누군가 TV를 틀어 놓아요.
또 세상과의 복잡한 줄타기가 시작되었죠.
남자 아나운서의 말소리가 거실 바닥에
토닥토닥 도마질을 해요.
TV 속에 사람들이 모두 자신의 그림자를 지고 다녀요.
사거리를 걸어다니는 사람도
육교를 걸어다니는 사람도
자신의 그림자들을 지고 다녀요.
하지만 모두 흘러가요. 모두 사라져요.
그림 속 배경인가 봐요.
졸려요. 잠으로 죽을 것만 같아요.
새 꿈을 꾸고 싶어요.

나는 바람을 타고 다니는 꽃씨랍니다.
창문 밖에는 땅 속에 숨은 풀숲을 보고
벌써부터 새가 꼬리를 마구 흔들어대요.
만세를 부르며 울어대요.
졸리지만 눈을 뜨고 싶어요.
정말 졸리지만 눈을 확 떴으면 좋겠어요.

손 톱

내 몸 속에 살을 건너
피를 건너
매일 하늘에 맹세를 하는
처자식 어루만지는 섬.

피 뚝뚝 떨어지는 현란한 마법의 사랑으로
뼈다짐을 하는 섬
내 몸 가느다란 열 개의 궤도 끝에
살로 꽁꽁 묶인 작은 조각배가
아름답게 떠 있는 섬.

그 섬은
놀라움 하나 없이 말랑한 순정이 통하는
살 속이 아니라
애정의 순한 색깔들이 얇은 뼈로 변한
작은 섬들이다.
살의 어둠에 파묻혀 마디를 만드는 뼈들이 아니라
살의 바깥에 마디 하나 없이 빛나는
뼈들이다.

지구의 궤도들이
뿌리 박혀 있는 내 살 속에서
법륜을 굴려야 하는데
무슨 속셈으로 내 살의 끝에서
골골 사나운 생각을 하는지
우주를 생각하는지
여자의 헐거운 농담처럼 가볍게 떠도는 피와 살의
연약함을 꾸짖는 그곳은
내 몸의 변방에서 내가 죽을 때까지 보초를 서는
아름다운 반달눈이다.

아 기

입에 노린 냄새 없는 아기는
새 순 돋은 풀냄과 비교해도 모자람이 없다.
고물고물 먹는 것도 예쁘지만
백 원도, 천 원도, 만 원도
똑같은 줄 아는 돈 모르는 아기
가지고 놀다 싫증이 나면 돈도 버린다.
배 고프지 않으면 왼종일
쉴틈없이 좋아서 까르르 웃는다.
제 얼굴이 잘 생겼는지 못 생겼는지도
모르는 아기
울어도 금방 웃고 웃어도 금방 우는
슬픔도 즐거움도 정말 모르는 아기
눈빛은 청하 같다.
더러운 누더기 옷도 고급 메이커 옷도 모르는 아기
그 마음 속에는 오직 하나
엄마뿐이다.

부부

가족탕에 들어가 목욕을 한다.
아내가 등에 때를 밀어준다.
나는 아내에게 등이 무슨 모양이냐 묻는다.
둥근 면 하나 없는 절벽뿐인
콩 안쪽 같이 생겼다고 한다.
이번에는 내가 아내 등을 밀어준다.
아내가 등이 무슨 모양이냐고 묻는다.
곧은 뼈 절벽에 가죽만 붙어 있다고 대답한다.
나는 콩 반 쪽
아내도 콩 반 쪽
말랑한 살점 하나 없는 곧은 뼈 절벽을 서로 맞대고
동그란 한 알 콩이 되어
아내는 아내 앞을 씻고
나는 내 앞을 씻는다.
메마른 몸을 밀 때는 피가 나고
젖은 몸을 밀 때는 때가 밀린다.
아내와 나는 목욕을 마치고 휴게실로 나와
커플 티를 갈아입는다.

평생 남 앞에 서 보지 못한

평생 햇볕 한 점 받지 못한
어두운 등뼈의 절벽끼리 납작 붙어
콩알을 만드는 우리는
셋 쪽이, 한 알이 될 수 없는
한 쪽이 한 알 될 수 없는
두 쪽 한 알의 콩.

고사리

어서 오셔요.
반가워요.
그 하기 쉬운 입인사를 거부하고
그 힘든 목인사를 하겠다고
아무 말없이 땅에 부복한 무거운 네 머리
어린 네가 무엇을 안다고
어린 네가 무엇 때문에
목을 있는대로 다 꺾어 인사를
온몸으로 하느냐.
이집 저집 울타리 하나 없이 함께 살아가는 이웃
네 알몸까지 다 보여주면서 함께 살아가는 이웃
아무것도 가진 것 없이
옷 한 벌 입을 것 없이 맨몸으로
산골짝에서 살아가는 네들이라
아무 말없이 온몸으로 인사하느냐.
입으로 인사하며 살아가는 사람들이
시간으로 탑을 쌓는 사람들이
네들의 그 고운 몸 인사를
누가 따라 할까
고산에 귀여운 아이들.

잡초 덤에 있는 듯 없는 듯
반짝이 이슬 옷에 햇빛 수실 덤으로 달고
소리없이 웃는 아이들
세월 다 놓은 할아버지 할머니 아버지 어머니
꽃꿈 꾸라고 먼 길 배웅하는
귀여운 아이들.

밤낮에 관한 나의 이해

어둠이 다 익어서 펑펑 터지고 있어
어둠이 여기저기서 짙은 화장을 하고
짙은 향수를 뿌리고
눈웃음치고 있어
숫처녀는 아닌 모양이야.
적극적인 저 화냥기에 무덤덤할 사내가 어디 있겠어.
냉정하고 딱딱한 뼈 벌떡 일으켜 세워
돌이라도 삼킬 것 같은 젊은 사내들에게 배꼽을
맞대고 싶은 모양이야.
젊은 사내들 몇 명은 벌써
흑포도 같이 주렁주렁 매달린 어둠을 따 먹으며
푸른 잎사귀 같은 코로 벌렁벌렁 숨을 쉬고 있어
뼈 속을 파고드는 젊은 여인의 터질 듯한
어둠을 파 먹으며 두 눈을 질금 감고 있어
세상에 모든 색깔을 다 먹어치우는
야릇한 오르가즘을 즐기는 중이야
정말 잘 익은 어둠을 맛있게 따 먹었어
미래에 대한 그리움조차 맛있게 따 먹었어

이제 젊은 사내들의 몸에 달라붙은 과거도 미래도

다 떼어내고 눈을 떴어.
언제 구름과 충돌할지 모르는 나무숲이
사람들이 사는 집에까지 걸어왔어
젊은 사내들의 눈 한 개를
피 속에, 뼈 속에, 꾹꾹 밟아놓았어
젊은 사내들의 눈 한 개를
하늘에 꾹꾹 밟아 놓았어
물론 코도 마찬가지야.
해가 닦아내야 할 어둠들이 힘없이 쓰러져 바람에
날리고 있어
이제부터 추락의 끝도 따뜻하게 빛나는 태양들이
몸을 비틀고 일어나면 세상이 소란해질 거야.
젊은 사내들
몸에서 나던 색깔 없는 가위 소리는
이제부터 나지 않을 거야.
젊은 사내들은
해골같이 끔찍한 실직을 당하지 않기 위해
태양처럼 난리 법석을 떨 거야.
몸에 오줌 마려운 적신호도 꾹꾹 눌러
살아남을 과속운전을 계속할 거야.
생선 비린내 속으로 뛰어들어 토막토막
팔다리를 잘라 먹으며 살아갈 거야.

축 생

요즘 겨울은 옛날같이 춥지 않다는데
지구 온난화 현상으로 극지에 빙하가 녹는다는데
나와 무슨 상관이야
집집의 무쇠솥에 기름불 때 봐야
양지쪽 종이 박스에 쪼그리고 앉아
최대한 몸을 웅크릴 수밖에 없는 신세인데,
뭐 그마저 사람들에게 들키며
줄행랑치기 바쁘지
신이 하나 있어, 옷이 하나 있어
이 세상에 내 것이라고는 아무것도 없다니까
문전 도둑질에 내다버린 부패한 음식도
눈치코치 다보며 머리통 쑤셔 박고
처먹는 신세다 보니
숨었다 도망치고, 도망치다 다시 숨고
먹을 것 흔한 세상의 인간들이야, 나 같은 것쯤은
고기로 약으로도 쓸 수 없다고 관심 밖이라 다행이지만
입에 엔진 달아, 발에 바퀴 달아
지독한 기름 방귀 뀌어가며
기껏 달려봐야 종이 세종대왕 하수인 노릇밖에 더해
네놈들이 과속 페달 마구 밟는 통에 지천에 늘린 음식도

마음 편히 먹을 수가 없다니까
춥고 어둡지만 하수구 시궁창을 뒤지고 다닐 수밖에 더
있겠어.
내가 본 어떤 놈은 나이 삼십에 용돈 안 준다고
제 어머니 엉덩이를 발로 차서 죽여 놓고
뻔뻔하게 49제 봉행한답시고
절에 가서 합장하고 지랄하데
내가 이래도 낳아준 부모 앞에 머리 치켜들고
얼굴 한 번 쳐다본 일도 없다니까
무지한 축생이라 글 하나 아는 것 없고
노래 한 곡 아는 것 없어
기껏 한다는 말과 노래
야옹, 야옹
집 없이 굶주리고 춥기야 하지만
햇볕 좋은 날은
문 없고 울 없는 넓은 세상을 달릴 테야
신바람 나지
특히 인간들 숙면 시간은
숨었다 도망치고, 도망치다 숨을 필요도 없어
야옹, 야옹

상팔자(1)

컹컹 코를 벌렁거린다.
또 짖어야 할지 가만히 있어야 할지
잠시 망설여진다.
대본도 없다. 사설은 더더욱 없다.
똥오줌 절은 땅바닥에 엎드렸다 일어섰다
공격과 수비자세를 동시에 취한다.
수 만개의 갈등을 온몸에 세워
짖어야 할지, 가만히 있어야 할지
에라, 모르겠다. 무조건 짖고 보자.
왈 왈 왈
울음의 끝없는 반복 행위는 계속되고
가장은 아내에게 꾸중하고
아내는 아들에게 꾸중하고
아들은 내 집을 발로 차고 몽둥이로 때리고
오! 또 하탕지옥이구나
하탕지옥
안마당에 가부좌 틀고 앉은 돌부처가 부럽구나
참선할 화두도 하나 없이 모든 것 있고도 있는
무지렁이 저 작자가 정말 부럽구나.
저 물건은 계속 자고 있어도 집안에·복돌이라고

주인마님이 칭찬에 공손한 절까지 받쳐올리니
저놈은 밥을 처먹을 필요도 없으니 말할 필요도
허리를 굽힐 필요도 없겠지.
에라, 모르겠다.
저 화상 낯짝에 오줌 세례나 갈기고 오자.
짖어야 밥을 먹는, 울어야 밥을 먹는 족속으로 태어난
것이 애초부터 잘못이다.
나만 보면 아무나 개새끼라 마구 욕하질 않나
개 같다, 개판이다, 개똥이다.
밥그릇은 또 어떻고
고물장수도 가지고 가지 않는 쪼그랑 그릇에
살 다 뜯어먹고 버린 뼈다귀에 처먹기 뭣하고
버리기 뭣한 음식들 오죽했으면 개밥이라 했을까.
조금 편해도 개팔자라 하지 않나
어쩌다 망해도 개팔자라 하지 않나
네 발로 뛰는 놈이라 그렇다치지 뭐
이 놈의 세상 더러워서
이빨을 갈며 뼈다귀를 씹는 개 기분
어떤지 알기나 하는 지.
꽃놀이인지, 봄놀이인지 독한 놈들 구경 다 가고
아무도 없는데
포동포동 살 오른 해의 젖무덤에 머리 처박고
낮잠이나 원없이 잘 테여.

상팔자(2)

제놈들은 말끝마다 변명과 이유를 붙여가며
온갖 사설은 다 늘어놓으면서
제놈들은 부정도 사기도 모두 정의라 떠벌리면서
나는 왜 아무 말도 하지 못하게 해.
말해 봐야 애초부터 들어줄 위인도 아니지만
명령 한 마디에 이유를 물어서도 안 되고 무조건
복종해야만 되는 이놈의 개팔자를 상팔자라고
조롱하지를 않나
눈 속에 눈으로 가슴 속에 가슴으로 살길을 모색하며
꼬리를 있는대로 다 내리고 굽실거려도
기분 좋다고 발길질 하지 않나
기분 나쁘다고 발길질 하지 않나
술 한 잔 처먹었다고 발길질 하지 않나
정말 밥 얻어먹는 일이 더럽고 치사해 죽겠어
모진 목숨 못 죽어서 산다니까
정말 못 죽어서 산다니까.

나는 또 컹컹 코를 벌렁거린다.
생각은 짧을수록 좋다.
아니 생각은 없을수록 좋다.

신분이 천하다 보니 말이 많으면 잡놈이 되고
말이라도 없으면 순종이란 소리를 듣는다.
우주여행을 신나게 하는 사람들이여
내가 왜 눈雪을 좋아하는 지 알기나 해
천성적으로 색맹인 내가
눈이 하얗다고 좋아할 리는 없고
하인 놈의 가슴 속에도 옳고 그름은 있어
속이 부글부글 끓어올라
차가운, 죽도록 차가운 눈밭을
죽어라고 뛰어다니고 싶은 거라고…….

현상수배범

나는 편집증이 위중한 환자
동절기 보일러 소리가 이른 새벽
황소울음으로 어두운 땅을 뒤엎는
방 안에는 참새 두 마리
허파에 바람 빠지는 소리로 피아노를 치고
잠든 영혼들 웃음소리 아득한 시간
모기 한 마리가 운다.
이 동절기에 어디서 서식하였을까
사람의 어둠이 계절을 잊었나
사랑의 어둠이 계절을 잊었나

흙빛의 모기 한 마리
잉잉 울면서 좁은 화장실을 날아다닌다.
모든 생명은 계절을 따라 살아야 하는데
한 겨울의 매장 터에
무엇이 너를 살게 했나
무엇이 너를 못잊게 했나
수 천근의 계절을 그 작은 몸뚱어리로 밀어내고
네 독한 사랑을 누구의 가슴팍에 박으려나

까만 모기 한 마리 똥터 어둠 위를 날아다니다
좌변기에 앉은 내게 날아와
침을 꼽고 나를 빤다.
계절을 잊은 독침이 내 살을 파고든다.

지독한 겨울 모기 한 마리 화장실에서 운다.
없는 여인 하나 허공에 걸어두고
내가 운다.

군수종합학교 가는 길

아내와 나는
대진 고속도로를 달린다.
온갖 차들이 약속된 길을 달리고 있는 중이다.
인생의 나침판에 유니코드 문자는 현란하지만
그 속에 하트 모양의 별들이
유난히 붉은 빛으로 반짝인다
알록달록한 눈물의 길을 돌고 돈 지 몇 시간
아내와 나는 면회 접수 100번 표를 가슴에 달았다.
사랑도 추억도 길이 막힌 우리는
대전 군수종합학교 면회실을 서성인다.
사람들 모여들어 메마른 불판에 불을 지펴놓고
허해진 가슴의 벼랑에서
추위를 녹이기 위해 안간힘을 쓴다.
대기 시간 30분은 지구의 끝에서 끝의 거리
우리는 초조하게 아들을 기다린다.
기다림의 우주여행은 끝이 나는 지
갑자기 햇살이 눈부시다.
손을 잡으면 꽃물이 손에 들고 가슴을 안으면
온몸에 눈물 웃음이 물드는
청개미 한 마리 씩씩하게 달려와 충성을 외치며

품에 안긴다.

우리는 가슴속 허공을 떠 다니던 햇빛을 거머쥔다.
햇빛을 거머쥔 우리의 단단한 가지 위에
나라를 보초 서던 청개미 한 마리 파들파들 기어오른다.
서로 사는 집이 다른 나무와 개미가 짧고 긴
해후를 한다.

미충이긴 하나
하늘을 날아갈 꿈에 온몸 들썩거리는 대한민국의
청개미 한 마리
한 가지에 백 개가 넘는 나뭇잎을 기어다니며
복무 중 이상 없음을 힘찬 구호로 외친다.
경계를 돌던 헌병들 호각 소리 요란해지고
화사한 햇살에 잎을 열었던 나무 두 그루가
잎을 닫기 시작한다
어디선가 쾅! 하는 총소리에 진달래 꽃잎이
화르르 떨어진다.

115

코끼리 등가죽에 그린 군사지도 한 장

코끼리 등가죽에 그린 군사지도 한 장
군사지도의 작은 점으로 찍힌 참호 속에
빌붙어 사는 땅 두더지들
휴대전화도 현금카드도 사용할 수 없는 그들은
대지와 분리된 산령을 주시한다.
임무마다 총구가 지향하는 허공에
공포탄 쏘아 올린다.
불꽃마다 화약 냄새나는 부대 앞
군사보호 구역 내에 살고 있는 이씨의 집에
낯선 사람들이 칠팔 명 모였다.
카메라를 어깨에 메고 사진을 찍는
안경 낀 젊은 사내와 단추 마이크를 손에 들고
사람과 사람 사이를 분주하게 뛰어다니는
젊은 아가씨가
적색 천으로 줄을 쳐 놓고 노란 테이프로
경고장을 매달아 놓았다.
약 5미터 앞에는 난폭한 악어 두 마리가 있음.
백 년 동안 빛을 보지 못한 악어 두 마리가 있음.
사람들은 땅바닥에 납작 엎드린 파충류의 단단한
등껍질을 뚫어지게 바라보고 있다.

등에 빽옥이 솟은 살의 빳빳한 비늘 사이 사이에
알 수 없는 힘에 밀려다니는 바람과
가려질 곳 하나 없는
몰두한 태양이 살에 무늬로 수 놓아지고
악어는 물속 같은 땅을 배로 문지르며
좌우로 꿈틀거린다.
찢어진 두 눈의 이별자리는 조용하고
남자도 여자도 각각인 채
악어 두 마리의 울타리 안에는
아무도 침범하지 못하는 금지구역
총알도 없는 총에서 탄알이 언제 날아갈지
아무도 모를 일이지만
깊이 함몰된 자신들의 허공 안에서
사나운 악어 이빨에 물리지 않으려고
사람들은 몸을 웅크리고 자신 속에
들어앉은 울음소리를
컥컥 토하고 있다.
아가씨가 느닷없이 마이크를 사내 관자노리에 대고
질문을 훅 던진다.
지금까지 악어를 본 일이 있습니까.
아뇨.
그는 대답을 하지 못한다.
악어 같은 여자도 남자도
코끼리 등가죽에 그린 군사 보호구역 안에서
가칭 자유를 수합하지 못한 채.

전 선

저 깊은 꿈속
빛 한 점, 바람 한 점 들고나지 않는
가만히 앉아 있지도
가만히 서 있지도 못하고 우는 쇠막대기들
죽지 않을 만큼 가슴이 찔려
피로 우는 영혼들
누군가 구리회초리로 때리는 매를 맞는다.
그들의 캄캄한 집에 독거 인간 숨어서 산다.
불이 나른다.
빛이 나른다.
꽃이 나른다.
그의 작은 몸 속에서 깨어나는 벌레들이
세상의 소리를 듣는다.
그들은 끝없이 자라나는 꼬리를 끊어먹으며
줄행랑을 치지만
탈출은 어림도 없다.
가혹한 노동의 사각지대에
말라 비틀어진 몸뚱어리 허공을 잡고 일을 한다.
가슴이 눈부신 보랏빛 불빛들이
동선의 울음을 타고 허공을 날아다닌다.

그들은 빛이면서 어둠에 갇혀 있다.
그들의 캄캄한 집에
독거 인간이 숨어서 산다.

선배 집배원의 커다란 발자국

진달래꽃이 흰 종이 위에 떨어져 모자이크된 것같이
예쁜 사람들이 방 안에 꼭꼭 갇혀 있었다.
그곳을 환자촌이라고도 하고, 꽃동네라고도 하는데
고장 난 녹음 테이프 같은 목쉰 돼지 똥냄새와
닭똥 냄새가 선배 집배원 김씨와
나를 험악하게 맞이한다
노랗게 부풀어 오른 짐승들의 더러운 똥들이
마을 곳곳에 숨어 있다 튀어나와 우리를 향해
탕탕 총을 쏘아 댄다.
중증 나병 환자 한 분이 꼭꼭 닫힌 문을 열고
낮은 문지방을 넘어 나오자
몸 곳곳에 관절 부딪치는 소리가
봄날의 말랑한 햇빛을 갉아먹는다.
집 주변이 삽시간에 건조해 진다.
선배 집배원이 나병환자의 손가락 없는 손을 잡고
안녕하십니까?
반갑습니다.
문 좀 열어놓고 사소.
온 천지에 꽃이 피었소.
환자분의 건조한 말

꽃이 나와 무슨 상관이겠소.
그때 나는 톡톡 쏘는 짐승들의 똥냄새를 참지 못해
틱틱 침을 뱉는다.
환자분이 나를 본 순간
어긋나 버린 턱이 떨리더니
저놈은 뭐 하는 놈이냐고
무쇠 자르는 소리가 냉냉하게 들린다.
나는 스무 살 먹은 빳빳한 허리를 굽히고 절을 한다.
환자분에게 등뼈를 쓰다듬는 선배 집배원의 손길에
환자분이 어느새 웃고 계신다.
큰 감나무 그림자 밑에 들어간 나는 보이지 않고
환자 촌에 배달 중인 입술 붉은 선배 집배원의
얼굴만 발그레 익어서 온 동네에 어른거린다.

나는 배달하는 중이다

나는 일에 갇히는 중이다.
나는 뜨거운 태양에 갇히는 중이다.

집배가방 목에 걸고 배달하는 중이다.
나무그늘 하나 없는 폭염 사이
바람 하나 없는 폭염 사이
온몸이 메말라 가는 중이다.
맑은 물 졸졸 흐르는 나무숲 그늘에
등짝을 박고 배터지게 잠자고 싶은 중이다.
아!
나는 껍질 다 벗은 햇빛 속에 뛰어드는 중이다.
눈알이 따끔거리는 중이다.
이마가 따끔거리는 중이다.
온몸이 토닥토닥 타는 중이다.
땀방울 사이 사이로 바삭 메마른 햇볕이
불침을 놓는 중이다.
무더운 한여름을 통과하는 중이다.
소금 한 주먹 만드는 중이다.
나는 시를 배달하는 중이다.
나는 죽고 있는 중이다.

후끈 달아 오른 후라이팬에 올려진 내 살점들이
지지직 타는 중이다.
아파트 문을 두드리고 있는 중이다.
등기우편을 손에 쥐고 건네는 중이다.
묵직한 문 틈 사이로 예쁜 여자 손이
등기우편물을 가로채 가는 중이다.
나는 서명을 하라고 건네는 중이다.
얼굴 없는 젊은 여자의 입에서
가시 달린 말이 튀어나오는 중이다.
아무것도 모르는 아이가 우는 중이다.
내가 눈물 없이 우는 중이다.
문이 쾅 닫기는 중이다.

사연을 기다리는 사람도 없는데
사연을 나누는 사람은
혓바닥까지 딸려들어가는 찜통 더위에 사우나를 하면서
입도 안 닫히는 몸을 흔들며 배달을 하는
우리는 진정한 집배원.

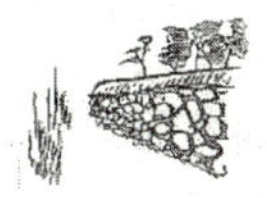

사우나 복을 입고 일을 하는 사람

잠을 다 깨기 전 흐릿한 기억 속에서 나는 물 밖으로 나오기 위해 안달을 했다. 좀처럼 다다를 수 없는 육지 풍경들이 하늘처럼 멀게만 느껴졌다.

나는 말랑말랑한 물 속에서 혼신의 힘을 다해 물 밖으로 온몸을 밀어올렸다.

눈꺼풀 틈 속눈썹 사이로 보이는 물 밖의 풍경이 천천히 눈 안으로 들어왔다. 내 몸은 혓바닥 안에까지 물이 가득 고여 있어 몸 속에서 바람 부는 소리를 짧게 내자 물이 울컥 솟아났다. 나는 침을 뱉었다. 침을 뱉고 난 이후부터 가수 상태에서 천천히 벗어날 수 있었다.

창문을 열자 애꾸눈 하늘에서 종이 구겨지는 소리가 났다. 훗훗 비가 내리고 있었다.

오늘도 천 년 분수대와의 한 판 결투가 시작되겠군 하고 속으로 궁실거렸다.

집배원 생활을 하고부터, 나는 비에 관한 철저한 오해가 생겨났다. 그것은 업무 특성상 어쩔 수 없는 일이기도 하겠지만, 비 오는 날 편지를 배달한다는 것은 여간 힘든 일이 아니다.

어떻게 하면 우편물을 비에 젖지 않고 온전히 배달할까? 성격 깔끔한 고객님들이 소중한 우편물에 비가 묻었다고 호된 질타를 하지 않을까.
비를 좋아하는 사람들은
대형청소기 소리치곤 얼마나 낭만적이고 얼마나 아름다
운 음악이냐고 하겠지만,
나는 비 오는 날마다 축축한 물 소파에 잘못 앉아 낭패
를 당했을 때의 기분에서 한 번도 벗어나 본 기억이 없
었다.
빗속을 들어가면 노동이요, 빗속을 나오면 서정이 되겠
지만, 비 오는 날이라 하여 집배를 쉴 수는 없는 일이다.
즉 집배원인 나에게는 서정은 있을 수 없다는 말과 같다.

허겁지겁 우편물을 챙겨 귀밑까지 꽉 차버린 거친 비의
악다구니를 들으며 무거운 우의를 입고 배달을 다녔다.
물을 튀기며 파도를 치며 수시로 벌레들이나 음식 쓰레
기의 익사한 시신들이 범람하는 곳을 힘차게 떠돌며,
나는 수면 아래로 가라앉아 코를 벌렁거리면서 물속을
열심히 둥둥 떠다녔다.
와드등 와드등 떨어지는 비바람의 늪을 헤엄치며 마지
막 승부 같은 기분으로 우편 적재함의 편지들을 비워
나갔다.
오후 1시 40분쯤 되어서 잡자기 전기 스위치를 밀어올
린 하늘이 화근이었다.
복면한 시간이 범람하는 여름 하늘은 아무도 한 치 앞
을 알 수 없었다.
나는 일기예보만 탕탕 믿고 제복을 홀랑 다 벗고 속옷

만 입은 채 우의를 걸치고 배달을 다녔는데, 전혀 예상
밖의 일이 생기고 만 것이다.
미친 태양이 갑자기 하늘 밖으로 튀어나와 혓바닥을 배
배꼬며 불을 뿜어내기 시작했다. 이제부터 비 오는 불
편 정도는 차라리 행복한 고민에 지나지 않았다. 갑자
기 도깨비 불행이 나에게 찾아온 것이다.
무더운 한여름에 우의를 한 벌 곱게 차려입고 미친놈처
럼 뛰어다니자니
온몸에 수천 마리 벌레가 기어다니는 것 같았다.
여름철 장마에 대비한 경험이 전혀 없었던 초보집배원
인 나는 푹푹 찌는 해에 둘러싸여 약 3시간 이상 지옥
술래를 했다.
양지마을 노인회관 앞에서 60대의 김씨 아저씨를 만났
다.
"엄군, 덥지 않은가."
"사우나 복이에요."
나는 우의 사우나를 3시간 이상 하면서 정말로 험난한
지옥순례를 하였다.
중간 중간 화장실에 들려 우의를 벗었을 때의 그 시원
함과 상쾌함을
글로 다 표현함이란……
화장실 안에서 옷을 벗을 수 있는 자유를 준 것은 그때
나에게 큰 축복이었다
핸드폰 시간을 쳐다보면서 다시 악마 같은 우의를 주섬
주섬 걸치고 화장실 문을 걸어나올 때는

항문에 똥을 끼우고 나오는 것 같았다.
배달의 현실은 항상 서정이기 전에 노동이고
시시각각 변하는 여름장마철 배달은 철저한 대비만이
시루떡 같은 가열의 절규에서 벗어날 수 있는 방책이
될 것이다.

거친 비바람을 맞는 진달래 꽃잎 같은 순한 아픔들 위
에서 배달이라는 지상명령을 고되게 수행하고 있는 우
리 용감하고 씩씩한 집배원.

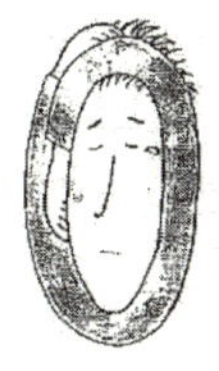

엉터리 집배원

나는 우편물 배달하는 엉터리 집배원
사람들의 요란한 마음을 배달하며
오늘도 길을 달린다
큰 길 작은 길
사람들 마음속에서 억척스럽게 삐져나오는 소리를
집집에 부려놓고 돌아서면 몇 방울의 웃음과 눈물이
내 발목을 잡고 늘어진다.
집집에 짧은 계좌번호들은 돈을 달라고 아우성이다
허공에 불빛 매단 고압선이
바람에 뜬금없이 출렁인다.
낮밤없이 시끄러운 저 불의 광란
귀를 세우고 들으면 사람이 우는 소리.

청송읍 계화 마을
해발 높은 독가에 독거 노인 한 분 산다.
늙은 어머니는 사람 사는 동네도 아닌 독가에 산다.
아들은 아파트촌에서 현대식으로 산다.
공기 정화기. 정수기. 냉장고. 에어컨. 온풍기 돌리고
꽃망울 굵은 외국종 꽃 몇 그루 키우며 산다.
어머니는 산만 보고

아들은 대형 TV 보고 외국여행도 다니며 산다.

외국에 사는 손자가 매년 보내는 크리스마스
카드 한 장이 그녀의 일 년 치 식량이다.
1월 달도 12월 달인 줄 알고
카드 한 장 온몸 파르르 떨며 기다린다.
올해는 그마저 오지 않아
우체국에 왼종일 걸려 다녀왔다며 넋두리 한다.
초등학생이 봐도 가짜 편지라는 것을 알 수 있는
외국 카드 한 장에 집배원이 흘려 쓴 글
"할머니 보고 싶어, 오래 오래 사세요.
손자 남이, 남이가."
나는 그 가짜 카드를 고성으로 읽어주고 나자
꿈에도 보이지 않던 어머니가
멀리서 몽롱하게 걸어오신다.
죽어서도 어머니들은 자식을 따라 다니시나……

우기처럼 돋은 그녀의 검은 반점들이 겨울 햇빛에 잠시
반짝인다.

타지마할

초저녁부터 이른 새벽까지
긴 삶의 경사를 타고 힘겹게 걸어가는 여인이
몸에 털을 세우고 짖는다.
막 바람치는 유배지에서
처절한 몸부림으로 잠을 놓고 짖는다.
캄캄한 허공 날아다니는 밤바람에
머리카락 날리며 막 노동일하는 여인이
흰 뼈 아리도록
먼지 나는 공장에서 세라믹을 찍는다.

캄캄한 악몽 속을 헤치고 나온 고운 달이 빛난다.
별이 빛난다.
낮같이 밤을 뛰어다니는 달의
거친 욕망도
모두 허공 같은데.

새끼들 눈빛 같은 초롱초롱한 별이
네 눈에서 눈물로 태어나는 밤
군인이 되어 총을 어깨에 맨 아들이
불침번을 도는 밤

우리 가족 모두 야간 전투 중인데
아직 이빨을 다 갈지 않은
막내 놈만 잠을 잔다.

오늘밤 나는
빛나는 사랑을 타고
아그라성의 다이아몬드 창문 앞에서
타지마할의 무덤 같은
세라믹 공장에서 일을 하는
아내를 보고
질긴 생의 노래를 듣는다.

제4부

엄 환섭의 삶과 작품세계

표성흠 | 시인·창신대학교 문창과 겸임교수

엄환섭은 자잘한 일상사를 통하여 시를 만들어
낸다. 특별한 기교도 빼어난 수사도 없다. 그런
데도 심금을 울리는 메아리가 있다. 시적 감각이
뛰어나기 때문이다. 이론적으로 시를 알기 전에
이미 시를 감지하고 토해 놓은 감각이라 말할 수
밖에 달리 표현할 말이 없는 현상이다. 때문에
시는 이론적으로 배워서 쓰는게 아니라 감수성이
라는 말이 합당한 설득력을 얻는다.

엉터리 배달부 엄 환섭

1.

엄 환섭은 배달부다.

요즘은 이름이 바뀌어 집배원이라는 명패를 달았지만, 이전에는 우체부 혹은 우편 배달부라 불렸던 직업을 가진 시인이다.

전국에 집배원 시인이 몇 명 있는 줄 안다. 직업에 따라 시가 달라지고 시인이 달라질 일은 없겠지만, 배달부라 하면 어쩐지 정겨운 느낌이 들기도 하고, 고마운 사람 같은 인상이 먼저 든다.

도시의 아파트라면 그런 이미지가 퇴색해 버렸겠지만, 아직도 첩첩산골 집집마다 갖가지 사연을 전달해 주는 시골 배달부는 정겹고 고맙고 기다려지는 인물이다.

'한 번은 짧게 세 번은 길게'라는 영화가 있었던가? 이 영화 스토리는 배달부가 남의 가정집 주부와 우연찮은 사랑을 나누는 이야기가 그려져 있어 우체부의 위상을 이상한 존재로 만들기도 하였지만, 「네루다의 우편 배달부」를 보면 배달부라는 직업이 가히 환상적이기까지 하다.

이 작품은 라틴 아메리카에서 가장 주목 받던 작가 안토니오 스카르메타의 대표작으로 70년대에 발표되어 27개 언어로 번역 출판되고 영화로도 만들어졌던 걸작이다. 무대는 칠레의 한 어촌 마을인 아슬라네그라에 파블로 네루다라는 시인이 나타나면서부터 전개된다.

자서전을 집필하기 위해 이 어촌으로 내려온 네루다에게 편지를 전해 주는 것이 유일한 낙인 우편 배달부 마이오 헤메데스는 첫눈에 홀딱 반한 베아트리스에게 줄 시를 써 달라고 조른다. 시인은 시를 써 주기에 앞서 시적 메타포어를 가르쳐 주며, 직접 사랑을 고백하도록 만들어 준다.

이후 두 젊은이들은 시를 통하여 맺어진 사랑으로 결혼을 하게 되고 대통령 후보에 나선 네루다가 위기에 처하자, 마리오는 그를 지키기 위하여 혁명의 불구덩이 속으로 뛰어든다.

대충의 이야기는 이렇지만 우편 배달부라는 직업이 가지는 특성을 잘 나타내는 작품이다. 우편 배달부는 많은 사람들을 만난다. 따라서 다양한 인간 군상들을 본다. 문학을 하기엔 좋은 직업일 수도 있다.

우리 나라에 우체부가 처음 등장한 것은 일제시대로 알려져 있다. 당시 우체부는 우편물을 전해 주는 역할 외에 첩보원 역할도 했다. 배달을 하면서 그 집안의 내력을 속속들이 캐내서 보고하는 비밀스런 임무도 동시에 수행했다는 것이다. 그 잔존물로 '학 땐다.'는 말이 남아 있다고 하는데, 이 말의 원뜻은 '학질 땐다.'는 말이란다.

당시 가장 무서운 질병의 하나인 학질은 환자를 깜짝 놀라게 하면 병이 낫는 수가 있었다는데, -아마도 정신적인 충격요법이 아닌가 생각하지만- 그 깜짝 놀래

키는 방법으로 '우체부 온다.' 혹은 '순사 온다.'라는 말을 썼다니, '호랑이와 곶감'을 연상하게 하는 대목이다.

그러한 우체부가 우편 배달부 아저씨로 불리던 시절에는 '월남에서 돌아온 새까만 김상사'로 대변되는 오라버니들의 구구절절한 사연과 위문편지에 실려 오는 사랑의 메신저 역할을 했다. 그리고는 돈 벌러 도시로 떠나간 우리네 아들 딸들의 애절한 송금 봉투로 전환되기도 하였다. 송금환이 든 이 등기 우편물을 얼마나 기다렸던가? 이 편지 봉투들이 오늘날 이 사회를 건설하였다.

그러나 전자시대로 유입되면서부터 이 절절한 사연들은 차츰 사라져가고 고지서와 독촉장이 배달물의 주종을 이루는 시대가 되었다. 이제 택배까지 한 몫을 더해 낭만적 우편 배달부에 대한 인상은 사라졌다. 그 이름도 집배원으로 바뀌었으니 자연히 그 성격 또한 달라질 수밖에 없다. 어쩔 수 없는 시대변천사다.

그런데도 아직도 글 모르는 할아버지 할머니들에게 고지서 내용을 읽어주고 해마다 오던 연하장이 오지 않아 애태우는 노인을 위해 대신 연하장을 써서 배달해 주는 집배원이 있으니 그가 엉터리 배달부 엄 환섭 시인이다.

2.

그가 우연하게 시를 배우겠다고 찾아온 지 벌써 삼년…… 매주 한두 편의 시를 꼬박꼬박 써 가지고 와 공부를 한다. 이제 그만 지쳐서 그만 둘 줄 알았는데 지치지도 않는다. 하루 종일 오토바이를 타고 수백 킬로미터를 달리고 집집마다 들러 우편물을 배달하고 사람들을 만나 일일이 인사를 다 하고 또 보낼 우편물까지 접수해, 해가 다 지고 저물어서야 돌아오는데 그래도 밤이면 시를 쓴다.

그의 시는 참으로 다양한 소재를 갖고 있다. 그런데도 일별해 보면 한결같은 사랑노래다. 그의 사랑에는 개인적인 사랑도 있고, 가족과 사회에 대한 사랑도 있고, 나아가서는 인류애 혹은 자연에 대한 사랑도 있다. 그 바탕에 깔려 있는 시적 에너지가 사랑으로 충만해 있다는 사실이다.

이게 놀랍다. 그는 따로 시를 배워 본 적이 없다. 혼자 스스로 시를 써 와 일반적으로 말하는 시적 기교라든지 평론가들이 즐겨 찾는 짜여진 규범의 틀 속에서 잣대를 대도 재볼 만한 그 무엇이 없다. 그런데도 그 무엇이 없는 그게 오히려 그의 시를 즐겁게 읽을 수 있게 하는 재미가 된다.

시는 읽고 즐거워야 한다. 그 즐거움이 슬픔이건 기쁨이건 그 위에다가 놀라움을 더 얹어준다면 한결 재미난 시 읽기가 될 것이다.

엄 환섭의 시는 놀라움을 준다. 이 놀라움은 어디에서 오는가? 참으로 기이하게 얽혀 있는 이미지의 변화에 있다. 동서남북 종횡무진이다. 도무지 예측불허다. 도대체가 그 이미지의 변화를 따라잡을 수가 없다. 따

라서 혼란스럽다는 느낌을 주기도 한다. 그런데 이 혼
란이 묘한 재미를 창출을 하고 있다.

나에게는 정말 묘한 친구가 있다.
그 친구는 20년 동안이나 별것도 아닌
평범한 거미 한 마리를 애지중지 키우고 있다.
그에게 빌붙어 사는 거미 놈도 아주 별난 유색종이다 .
친구의 구석구석을 쑤시고 다니면서 줄을 치고
그네를 요란하게 타곤 한다.
그 야행성 거미는 낮 밤 없이 자신이 친 줄이
그의 집이고 길이고 먹이를 포획하는 사냥 도구다.
그 그미는 때론 비딱하게 때론 거꾸로 길을 간다.
별난 친구 놈은 거미의 무엇에 반했는지 틈만 나면
그 거미를 손바닥에 올려놓고
거미가 자신의 손금 위를 고물고물 기어 다니게 한다.
그 야행성 거미는
마치 친구의 손바닥을 자신의 놀이터인양 의기양양 기어다니며
손바닥을 혀로 핥고 입으로 잘금잘금 문다.
그 때마다 그 유별난 친구 놈은 기쁨에 들떠
휘파람을 불고 콧노래를 흥얼거리고 비명에 가까운
교성까지 질러댄다.
친구 놈이 키우는 거미의 식사법은 아주 독특하고 잔인하다. 산
먹이건 죽은 먹이건 생명 속에 있는 물기를 체액으로 촉수로
뼈 속에 든 마지막 남은 한 방울의 물기까지
다 빨아야만 식사를 마친다.
더욱 신기한 일은 물기를 다 빨린 먹이들이
흔적 하나 없이 완전히 사라진다는 점이다.
그 거미 놈들이 너무 번성해 지구조차 삼키려고 들면 큰일이다.
유색의 잔인한 거미가

가는 발을 다 접고 깊이 잠들어 버리거나 하면
혹여 죽었나 싶어 깜짝 놀라 거미를 흔들며
이름을 부르곤 한다.
거미는 잠에서 깨어나 여기 보여, 여기 보여라고 대답하고
그 친구 놈은 여보여, 여보여 하며 부른다.

긴긴 인연을 몸 안에 가득히 품고
입으로 중중 연줄을 뽑아 곡예를 하면서
몸 속에 질긴 인연의 오랏줄을 타고 부풀어 올랐다 .
진저리치며 나락으로 쳐박히는
세상의 거미떼들
그 울타리 안은 살맛나는 보금자리다.
그런데 그 친구 요즘 이사를 한다고 분주하단다
콘트라 섹슈얼리즘에 밀려 분가를 한단다.
–거미를 사육하는 사람 (전문)

　이 시에 등장 하는 인물은 나=친구, 거미=그미로 묶어져 있다. 거미는 닥치는 대로 먹어치우는 습성을 가졌고, 그는 먹성 좋은 이 야행성 거미를 기르는데 재미를 붙이고 있다. 손바닥에 올려놓고 그네를 태우기도 하고 때로는 교성을 지르며 교합을 하기도 한다. 20년간이나 한결같이 '여보여, 여보여!' 하고 부르며 '울타리 안에서 살맛나는 행복'을 추구했던 일상적 부부상이다. 그런데 그는 결국 분가(이혼)를 하게 생겼다. 무엇 때문인가? '콘트라 섹슈얼리즘'에 밀려났기 때문이다. 그러면 과연 이 섹슈얼리즘의 실체는 무엇인가?
　이것이 이 시의 서사성이다. 얼른 보기엔 한없이 산

만하고 난삽한 것 같다. 그런데 이 혼돈 속에 환치와
상징성이 계산돼 있다. '중중 연줄을 뽑아 곡예'를 하는
'세상의 거미떼들'에게 둘러싸인 유색거미를 생각해 보
라. 그는 죽은 듯 엎드려 있다가도 포착되는 먹이는 놓
치는 일이 없는 용의주도한 인물이다. 그게 다름 아닌
바로 내 집안의 실상이라고 생각하면 끔찍하지 않는가?
누구나 이 독거미를 한 마리씩 기르고 있다. 이런 그미
와 함께 살을 섞고 살고 있다. 아니면 나 자신이 독거
미일 수도 있다.

  이런 무서운 현실을 이토록 능청스럽게 노래할 수 있
는 시인이 또 있을 것인가? 이 거미는 다각적인 면에서
다층적으로 풀이할 수 있다. 이게 시적 상징성이다. 시
인은 '이 거미 놈들이 지구를 삼키려 든다면 큰일이다.'
라는 경고까지 잊지 않는다. 이게 바로 현실 비판적인
시다. 정색을 하고 나무라거나 꾸짖지 않는다. 왜냐면
그 상대가 타인이 아닌 나일 수도 있다는 자각 때문이
다. 자칫 남의 탓으로만 돌리는 현실 비판 풍토에 자성
의 물결을 일으키는 조용한 몸짓일 수도 있다.

  그러한 자성의 몸짓을 직설적으로 나타낸 시를 보면
시인의 이러한 태도를 엿볼 수 있다.

내 몸 속에 살을 건너
피를 건너
매일 하늘에 맹세를 하는
처자식 어루만지는 섬.
피 뚝뚝 떨어지는 현란한 마법의 사랑으로

뼈다짐을 하는 섬.
내 몸 가느다란 열 개의 궤도 끝에
살로 꽁꽁 묶인 작은 조각배가
아름답게 떠 있는 섬.
그 섬은
놀라움 하나없이 말랑한 순정이 통하는
살 속이 아니라
애정의 순한 색깔들이 얇은 뼈로 변한
작은 섬들이다.
살의 어둠에 파묻혀 마디를 만드는 뼈들이 아니라
살의 바깥에 마디 하나 없이 빛나는
뼈들이다.

지구들의 궤도들이
뿌리 박혀 있는 내 살 속에서
법륜을 굴려야 하는데
무슨 속셈으로 내 살 끝에서
골골 사나운 생각을 하는 지
우주를 생각하는 지
여자의 헐거운 농담처럼 가볍게 떠도는 피와 살의
연약함을 꾸짖는 그곳은
내 몸의 변방에서 내가 죽을 때까지 보초를 서는
아름다운 반달눈이다.
―손톱(전문)

　이 시 역시 손톱이 섬으로, 섬이 뼈로, 그 뼈가 반달
눈으로 환치되는 과정을 통하여 사랑을 노래한다. 이
사랑은 매일같이 하늘에 대고 맹세를 하고 처자식을 위

하여 보초를 서는 헌신으로 나타나 있다. 이 전체는 어디 한군데 얽매어져 있지 않고 전체적 서사구조 속에 녹아 흐른다. 때문에 엄 환섭의 시는 문법적 해석이 불가능하다. 따라서 시를 다 읽고 난 후의 전체적 느낌을 가지고 이야기해야 한다.

기사가 사실의 전달이라면 시는 느낌의 전달이다. 전체적 감이라는 것이다. 거미줄처럼 이리저리 얽혀 있는 시 전체의 가닥들이 내포하고 있는 느낌을 음미하는 것이 시 읽기의 진정한 기쁨이다. 따라서 이러한 시 읽기 훈련이 안된 독자들은 이러한 시를 제대로 감상할 수 없게 된다. 시가 난해해서 그렇다는 이야기가 아니다. 시는 이중 삼중의 상징적 의미를 함축하고 있고 그러한 장치가 필요하다는 이야기다.

「손톱」이 품고 있는 의미 변화를 한 번 살펴보자. '매일 처자식을 어루만져야 하는' 내 손톱은 '피 뚝뚝 떨어지는' 힘 든 현실 속에서 '뼈다짐을' 하면서도 '마법의 사랑'으로 이를 견뎌 낸다. 그러면서 '내 몸 가느다란 열 개의 궤도 끝에서' 작은 조각배가 된다. 이 조각배에 식솔들을 싣고 노저어 가야 하는 운명이 가장의 직분이다. 이는 결코 살 속에 숨어 편히 그 마디를 기를 수 있는 존재가 아니다. '살의 바깥에 마디 하나 없이 빛나'야 하는 드러난 뼈들이다. 이 뼈들은 내 살 속에서 '법륜을 굴려야 하는데'도 그럴 수가 없다. '죽을 때까지 보초를 서야' 하기 때문이다.

이토록 고단한 일에서 멈춰 설 수 없는 손톱을 '아름

다운 반달'로 보는 눈이 엄 환섭의 인생관이다. 가족관
이다. 사랑이다. 그는 이 사랑을 보다 구체적로 이렇게
노래한다.

우리집 식구는 돈 모르는 구두쇠
마귀 구멍 뚫린 벙거지 모자를 쓴 아내를 보고
온 가족이 웃었다.
해탈모자를 쓴 아내는 더 활짝 웃었다.
바람이 들고 다녀도 될 비닐봉지 두 개 까르르.
－구두쇠 가족의 쇼핑(부분)

단돈 만 원을 들고 읍내 오일장을 간 아내와 아들이
벙거지 모자 하나를 사 쓰고 즐거워하는 모습이다. 이
들 식솔의 몸무게는 둘을 다 합해도 '바람이 들고 다녀
도 될 비닐봉지 두 개 정도'에 불과하다. 이 돈으로 '흔
한 찬거리를 5천 원에 샀고' 아내가 내일 야간작업할
때 쓸 벙거지 모자 사러 시장 거리를 왈왈 배회하다 잡
동사니 싸구려 모자가게에 들어가 산 '모자 값은 4천
원'이었다. 전 식구가 먹을 찬거리에 맞먹는 모자 값이
었지만 즐겁기만 하다. 이런 평화스런 가정에 변화가
일어났다.

아내와 나는
대진 고속도로를 달린다.
온갖 차들이 약속된 길을 달리고 있는 중이다.
인생의 나침판에 유니코드 문자 현란하지만
그 속에 하트 모양의 별들이 유난히 붉은빛으로 반짝인다.

알록달록한 눈물의 길을 돌고 돈 지 몇 시간
아내와 나는 면회접수 100번 표를 가슴에 달았다.
사랑도 추억도 길이 막힌 우리는
대전 군수종합학교 면회실을 서성인다.
사람들 모여들어 메마른 불판을 지펴놓고
허해진 가슴의 벼랑에서
추위를 녹이기 위해 안간힘을 쓴다.
대기 시간 30분은 지구의 끝에서 끝의 거리
우리는 초조하게 아들을 기다린다.
기다림의 우주여행은 끝이 났는지
갑자기 햇살이 눈부시다.
손을 잡으면 꽃물이 손에 들고 가슴을 안으면
온몸에 눈물 웃음이 물드는 청개미 한 마리 씩씩하게 달려와
충성을 외치며 품에 안긴다.

우리는 가슴 속에 허공을 떠다니던 햇빛을 거머쥔다.
햇빛을 거머쥔 우리의 단단한 가지 위에
나라를 보초 서던 청개미 한 마리 파들파들 기어오른다.
서로 사는 집이 다른 나무와 개미가 짧고 긴
해후를 한다.

미충이긴 하나
하늘을 날아갈 꿈에 온몸 들썩거리는 대한민국의 청개미 한 마리
한 가지에 백 개가 넘는 나뭇잎을 기어다니며
복무 중 이상 없음을 힘찬 구호로 외친다.
경계를 돌던 헌병들 호각소리 요란해지고
화사한 햇살에 잎을 열었던 나무 두 그루 잎을 닫기 시작한다.
어디선가 꽝! 하는 총소리에 진달래 꽃잎이 화르르 떨어진다.
 ―군수종합학교 가는 길(전문)

대한민국 보통 사람들이 겪는 한 가정의 모습이다. 아들을 군대에 보내놓고 애를 태우고 있는데, 어쩌다가 면회 오라는 통보를 받고 잠시 이렇게 만나는 모습, 대한민국이 아니면 볼 수 없는 진풍경일 것이다.

이런 날을 기억할 수 없는 사람은 슬프다. 대한민국의 보통 사람의 권리를 주장할 수 없기 때문이다. 권리라 한다고 해서 무슨 이득이 생긴다는 말은 아니다. 이득이라기보다는 오히려 손해가 생긴다 하여 고의적으로 병역을 기피하는 사람들이 얼마나 많은 세상인가?

그러나 당당하게 외치는 아들의 거수경례 구호에 흐뭇해 하는 보통 사람들의 모습에서 우리는 조국의 분단 현실과 이를 위해 수용할 수밖에 없는 이별의 아픔을 공감하고 나누게 된다. 이렇듯 작은 걸 가지고 큰 걸 내보이는 것이 시의 묘미가 아닌가. 이를 알면 이미 괜찮은 시인이다.

내가 왜 너와 만났는 지 모르겠다.
내 몸에 딱 맞아서
그도 아니면
내 몸이 편해서
너의 말마다 내가 꾹꾹 눌릴 수 있어서
너의 행동마다 내가 꾹꾹 눌릴 수 있어서
오늘 너를 예식장에 데려가기로 한다.
내가 데려가지 않아도 따라 나설 위인이지만
내가 말하지 않아도 내 몸 속에 들어와
밑바탕이 되겠다고 언약을 할 위인이지만
나에게 꾹꾹 밟혀서

뼈 부서지는 소리를 뚜벅뚜벅 내면
세상의 길을 고분고분 가는 너의
판단 없는 판단은 어디서 오는 지
온몸에 붉은 불을 켜고 봄바람에 바들바들 떨던
꽃빛 꿈 다 접고
형편 없는 나를 주인이라고 내 길로만
따라나서는 너에게
검정빛 도는 눈망울 같은 까만
밥을 쓱싹 쓱싹 퍼 먹인다.
두 개가 아니면 세상을 나설 수 없는
두 개가 아니면 세상을 걸을 수 없는
내 몸의 가장 밑면에서 온몸 조아리는 너는
나의 가장 편안한 반려자.
―구두 (전문)

‘이 세상에서 가장 편안한 반려자’는 누구일까? ‘뼈
부서지는 소리를 뚜벅뚜벅 내면서’도 ‘형편 없는 나를
주인이라고’믿고 ‘세상의 길을 고분고분’‘따라 나서는
너’를 위하여 ‘쓱싹쓱싹’ 밥을 퍼 먹이는 시인의 구두는
그냥 구두가 아니다. ‘말과 행동을 꾹꾹 눌릴 수 있는’
아내로 환치되어 나타난다.
‘내가 왜 너와 만났는지 모르겠다.’며 내팽개치려다가
도 예식장엘 함께 데려가는 아내다. 이 예식장은 그곳
으로 함께 가 부부가 되었다는 뜻일 수도 있겠고, 중요
한 자리마다 함께 동반해 간다는 일상의 시간일 수도
있겠다. 이러한 다층적 시간을 통하여 아무것도 아닌
헌신짝을 사랑으로까지 승화시키는 작업이 바로 시 쓰

는 일이다. 자칫 잘못하면 여성을 헌신짝처럼 취급한다
는 오해를 살 수도 있는 이 시는 아내에 대한 사랑을
지극히 평범한 구두 짝을 빌어 절묘하게 구사해 낸 사
랑의 시다.

엄 환섭은 자잘한 일상사를 통하여 시를 만들어 낸
다. 특별한 기교도 빼어난 수사도 없다. 그런데도 심금
을 울리는 메아리가 있다. 시적 감각이 뛰어나기 때문
이다. 이론적으로 시를 알기 전에 이미 시를 감지하고
토해 놓는 감각이라 말할 수밖에 달리 표현할 말이 없
는 현상이다. 때문에 시는 이론적으로 배워서 쓰는게
아니라 감수성이라는 말이 합당한 설득력을 얻는다.

이제 이 시집에 실려 있는 그의 감수성 작품 몇 편을
보려 한다. 집배원 생활에서 느끼는 일상적 감정이 시
적 감수성으로 탈바꿈해 나타나는 변용이다, 이 시적변
용이 시를 만든다.

3.

엄 환섭은 엉터리 배달부다. 그는 그의 직업상 비밀
을 시를 통하여 발설하고 있다. 비밀이라 한다 해서 일
반이 알아선 안 될 무슨 큰일 날 성질의 것은 물론 아
니지만, 다른 집배원들이 아무도 말 하지 않는 말을 그
는 시라는 메타포를 빌려 이야기한다. 바꾸어 말하면
매일같이 일어나는 집배원의 일상을 시적 표현으로 바
꾸어 말한다는 이야기다.

그렇다면 그 말 속에는 무엇이 들어 있는가? 말 못

할 말이 있는가? 그런 뜻은 아니다. 오히려 그 반대다. 가장 많은 사람들을 만나는 직업상 특성을 살려 그 사람들의 사정을 속속들이 대변한다는 이야기다. 서두에 옛날 일제 식민지 치하의 우체부 임무에 대해서 꺼냈던 게 바로 이 때문이다.

그 때는 집집마다 찾아다니며 그 집에 독립운동가가 있는지, 비밀 집회를 준비하고 있지나 않는지 염탐해 동향 보고를 하는 것이 우체부의 또 다른 일이었다는데, 엄 환섭 역시 그 때의 우체부처럼 무언가 우리네 동정을 살펴 보고하는 짓거리를 하고 있다는 것이다. 그 내용이 무척 궁금하지 않은가? 그게 바로 이 시집이다. 우리네 보통 사람들의 애환인 것이다.

나는 우편물 배달하는 엉터리 집배원
사람들의 요란한 마음을 배달하며 오늘도 길을 달린다.
큰 길 작은 길
사람들 마음속에서 억척스럽게 빠져나오는 소리를
집집에 부려놓고 돌아서면 몇 방울의 웃음과 눈물이
내 발목을 잡고 늘어진다.
집집에 짧은 계좌번호들은 돈을 달라고 아우성이다.
허공에 불빛 매단 고압선이 바람에 뜬금없이 출렁인다.
낮밤 없이 시끄러운 저 불의 광란
귀를 세우고 들으면 사람이 우는 소리

청송읍 계화 마을
해발 높은 독가에 독거노인 한 분 산다.
늙은 어머니는 사람 사는 동네도 아닌 독가에 산다.

아들은 아파트촌에서 현대식으로 산다.
공기정화기, 정수기, 냉장고, 에어컨, 온풍기 돌리고
꽃망울 굵은 외국종 꽃 몇 그루 키우며 산다.
어머니는 산만 보고
아들은 대형 TV보고 외국여행도 다니며 산다.

외국에 사는 손자가 매년 보내는 크리스마스
카드 한 장이 그녀의 일년 치 식량이다.
1월 달도 12월 달인 줄 알고
카드 한 장을 온몸 떨며 기다린다.
올해는 그마저 오지 않아
우체국에 원종일 걸려 다녀왔다며 넋두리한다.
초등학생이 봐도 가짜 편지라는 걸 알 수 있는
외국 카드한 장에 집배원이 흘려 쓴 글
"할머니 보고 싶어, 오래 오래 사세요.
  손자 남이, 남이가."
나는 그 가짜 카드를 고성으로 읽어주고 나자
꿈에도 보이지 않던 어머니가
멀리서 몽롱하게 걸어오신다.
죽어서도 어머니는 자식을 따라 다니시나……

우기처럼 돋은 그녀의 검은 반점들이
겨울 햇빛에 잠시 반짝인다.
－엉터리 집배원 (전문)

　　푸른 솔이 자라 꽃 피는 계화 마을에 할머니 한 분이
계신다. 자식들은 성공해 외국에 거주하고 있다. 그 손
자가 해마다 카드를 보내 할머니의 위안이 된다. 그런

데 올해는 카드마저 끊어졌다. 그럴 리가 없는데……

할머니는 우체국에 가서 혹시 손주 녀석한테서 온 카드가 없느냐고 묻는다. 우체부는 하는 수없이 엉터리 카드를 써 큰 소리로 읽어준다. 한 편의 동화 같은 이야기다.

그런데 이 엉터리 우체부 앞에 나타난 것은 '꿈에도 보이지 않던 어머니'다. 오래 전에 떠나 버린 어머니가 평시 모습 그대로 얼굴에 돋은 검버섯을 보여주고 있는 이 장면은 할머니를 어머니로 환치시키는 이 시인의 탁월한 시적 감각이다.

시는 이러한 환치작용으로 다른 사물을 빗대어 내 마음 속에 있는 그 어떤 내면 감정을 환기시켜 내는 요술 같은 것이다. 누구나 이 시를 읽으며 그 동안 부모에게 무심했던 자아를 발견하고 반성하게 될 것이다. 이러한 각성을 하게 만드는 것이 시의 또 하나의 장치다. 요즘 만발하고 있는 언어 유희적 시에서 볼 수 없는 진지한 태도가 아닌가 한다.

시는 모름지기 각성제 역할을 해야 한다. 자신을 되돌아보게 만들고 이 사회를 보다 솔직하게 보여줄 수 있도록 만들어야 한다.

진달래꽃이 흰 종이 위에 떨어져 모자이크 된 것 같이
예쁜 사람들이 방 안에 꼭꼭 갇혀 있었다.
그곳을 환자 촌이라고도 하고 꽃동네라고도 하는데
고장 난 녹음 테이프 같은 목쉰 돼지똥 냄새와
닭똥 냄새가 선배 집배원 김씨와 나를 험악하게 맞이한다.

노랗게 부풀어 오른 짐승들의 더러운 똥들이
마을 곳곳에 숨어 있다 뛰어나와 우리를 향해
탕탕 총을 쏘아댄다.
중증 나병 환자 한 분이 꼭꼭 닫힌 문을 열고
낮은 문지방을 넘어 나오자
몸 곳곳에 관절 부딪히는 소리가
봄날의 말랑한 햇빛을 갉아 먹는다.
집 주변이 삽시에 건조해 진다.
선배 집배원이 나병환자의 손가락 없는 손을 잡고
안녕하십니까?
반갑습니다.
문 좀 열어놓고 사소.
온 천지에 꽃이 피었소.
환자 분의 건조한 말
꽃이 나와 무슨 상관이겠소.
그때 나는 톡톡 쏘는 짐승들의 똥냄새를 참지 못해
틱틱 침을 뱉는다.
환자 분이 나를 본 순간
어긋나 버린 턱이 떨리더니
저놈은 뭐하는 놈이냐고 무쇠 자르는 소리가 냉랭하게 들린다.
나는 스무 살 먹은 빳빳한 허리를 굽히고 절을 한다.
환자 분에게 등뼈를 쓰다듬는 선배 집배원의 손길에
환자 분이 어느 새 웃고 계신다.
큰 감나무 그림자 밑에 들어간 나는 보이지 않고
환자촌에 배달 중인 입술 붉은 선배 집배원의
얼굴만 발그레 익어서 온 동네에 어룽거린다.
　―선배 집배원의 커다란 발자국 (전문)

　　설명이 필요 없는 시다. 상황이 한 눈에 그려진다.

이런 이야기는 배달부가 아니면 있을 수 없는 밑그림이
다. 때문에 그의 직업은 시 쓰기에 아주 적합한 일이
다. 그는 이 일을 즐기고 있다. 진종일 고달픈 반복 작
업일 수도 있는 일이면서도 만나는 사람마다를 관찰하
고 읽고 쓸 수 있는 특혜를 가진 것에 대해 감사도 한
다. 그러면서 내면의 영혼을 살찌워 나간다. 인간관계
를 통하여 자기 수련을 쌓고 있는 것이다.
　　그러나 이런 일이 있기까지 얼마나 많은 시행착오가
더 있었을까? 그는 한때 승려생활을 통해 득도를 꿈 꾼
일이 있었다. 묵상 수련으로 번뇌를 잊으려 했던 젊은
시절의 무위를 깨닫고 현실 속으로 파고 든 것은 생활
속에서 그 무엇인가를 찾고자 했던 것인데, 그 일이 지
금의 배달부로 정착되기까지의 웃지 못할 에피소드 한
토막이 여기 있다. 초보 집배원 시절의 어느 날 기록인
듯하다.

여름철 장마에 대비한 경험이 전혀 없었던 초보 지배원인 나는
푹푹 찌는 해에 둘러싸여 약 세 시간 이상 지옥순례를 했다.
양지마을 노인회관 앞에서 60대의 김씨 아저씨를 만났다.
"엄군 덥지 않은가?"
"사우나 복이에요."
나는 비옷 사우나를 3시간 이상 하면서 정말로 험난한 지옥순례
를 하였다.
중간중간 화장실에 들려 비옷을 벗었을 때의 그 시원함과 상쾌
함은
－사우나 복을 입고 일하는 사람 (부분)

나는 일에 갇히는 중이다.
나는 뜨거운 태양에 갇히는 중이다.

집배 가방 목에 걸고 배달하는 중이다.
나무 그늘 하나 없는 폭염 사이
바람 하나 없는 폭염 사이
온몸이 메말라가는 중이다.
맑은 물 졸졸 흐르는 나무숲 그늘에
등짝을 박고 배터지게 잠자고 싶은 중이다.
아!
나는 껍질 다 벗은 햇빛 속에 뛰어드는 중이다.
눈알이 따끔거리는 중이다.
이마가 따끔거리는 중이다.
온몸이 토닥토닥 타는 중이다
땀방울 사이사이로 바삭 메마른 햇빛이
불침을 놓는 중이다.
무더운 한 여름을 통과하는 중이다.
소금 한 주먹 만드는 중이다.
나는 편지를 배달하는 중이다.
나는 죽고 있는 중이다.
후끈 달아오른 후라이팬에 올려진 내 살점들이
지지직 타고 있는 중이다.
아파트 문을 두드리고 있는 중이다.
등기우편을 손에 쥐고 건네고 있는 중이다.
묵직한 문틈 사이로 예쁜 여자 손이 등기우편물을 가로채가는
중이다.
나는 서명을 하라고 건네는 중이다.
얼굴 없는 여자의 입에서
가시 달린 말이 튀어나오고 있는 중이다.

아무것도 모르는 아이가 우는 중이다.
내가 눈물 없이 우는 중이다.
문이 쾅 닫기는 중이다.

사연을 기다리는 사람도 없는데
사연을 나누는 사람은
혓바닥까지 말려들어가는 찜통 더위에 사우나를 하면서
입도 안 닫히는 몸을 흔들며 배달을 하는
우리는 진정한 집배원
—나는 배달하는 중이다 (전문)

　이쯤 오면 앞에서 언급했던 '엉터리 배달부'라는 말은 '진정한 집배원'이라는 말로 수정되어야 한다. 저들이 어떻게 하여 그 한 장의 사연을 전해 주는지 여실히 보았기 때문이다. 막연하게 수고한다는 생각을 넘어 구체적 실상으로 다가오기 때문이다. 세상의 어떤 직업이 고달프지 않고 힘들지 않은 일이 있을 것인가? 그러나 한 여름에 사우나복을 입고 뛰는 저 초보 집배원이나 문둥이의 손을 잡고 아무 스스럼없이 인사하는 선배 집배원이나 매일같이 '가시 달린 말'에 찔려야 하고 '쾅 닫기는 문틈에 마음의 손가락이 끼어' '눈물 없는 눈물'을 흘려야 하는 게 집배원 생활이라는 걸 보고 나니 엄 환섭의 이 시들은 더욱 값진 기록이라는 느낌을 받게 된다.
　그는 그러한 진정한 집배원이 되기 위해 오늘도 발로 온몸으로 뛰고 있는 중이다. 그러면서도 시를 쓰는 시

인이다. 그는 전 집배원들의 대변인일 수도 있고 우리
모두가 일상적으로 거의 매일같이 대하는 보통 사람들
의 친구이기도 하다.
그의 시는 그래서 빛난다 할 것이다. 따라서 별 다른
수사나 기교가 필요 없다. 왜냐면 그 자체가 진실이기
때문이다. 문학과 진실은 하나가 아니던가.

2007년 여름

풀과나무의 집에서 **표 성흠 씀**

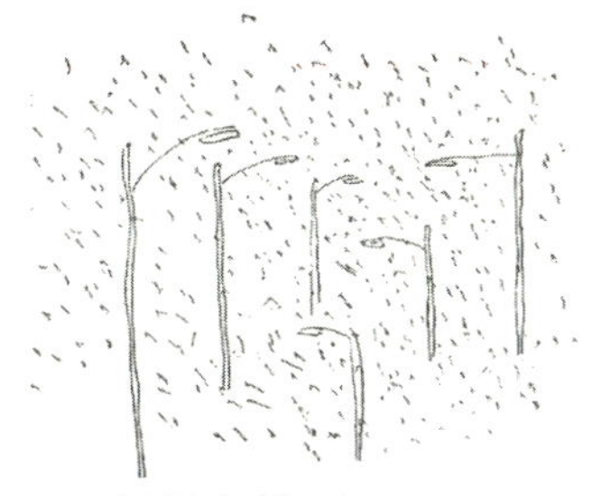

엄환섭 첫시집

시를 배달해 드립니다

.

2007년 10월 25일 초판인쇄
2007년 10월 30일 초판발행

.

지은 이 | **엄 환 섭**
펴낸 이 | **홍 철 부**
펴낸 곳 | **문 지 사**

.

등록일 | 1978. 8. 11(제 3-50호)

.

서울특별시 은평구 갈현1동 423-16
영업부 | 02) 386-8451
02) 386-8452
편집부 | 02) 382-0026
기획실 | 02) 6407-1314
팩 스 | 02) 386-8453

값 7,000원